Ulrich Gilga

Hotel der Alpträume

Ulrich Gilga

Hotel der Alpträume

Isaac Kane Nr. 4

Cover: Midjourney, Ulrich Gilga

Lektorat: Andrea Hagemeier-Gilga | Isabelle Schuster

1. Auflage

c/o autorenglück.de
Franz-Mehring-Str. 15
01237 Dresden
https://schreibwerkstatt-gilga.de/

ISBN 978-3-98966-012-0

Inhalt

Hotel der Alpträume

1

Das dumpfe Geräusch des zuschlagenden Holztores war noch nicht verklungen, da trieb der Kutscher draußen sein Pferd mit einem heiseren Schrei zur Eile an, um diesen verfluchten Ort zu verlassen.

Jetzt war er allein in dieser Gruft aus Tod und Verdammnis.

August Strack öffnete die abgewetzte Arzttasche aus braunem Leder und zog den Webley Mark IV Revolver heraus. Mit geübtem Griff prüfte er, ob alle sechs Kammern mit geweihten Silberkugeln geladen waren. Dann steckte er den Revolver zurück in das Holster, das er um die Hüfte trug. Um den Kutscher nicht zu beunruhigen, hatte er die Waffe in der Tasche transportiert und seinen langen schwarzen Mantel geschlossen gehalten. So hatte der Mann auch die Scheide mit dem silbernen Schwert nicht gesehen, die der Jäger an der anderen Seite seines Körpers trug.

Strack wollte kein Risiko eingehen. Es war schon schwierig genug gewesen, einen Kutscher zu finden, der ihn in der Nacht zum Cliff House brachte. Erst gutes Zureden, ein paar Scheine und das Versprechen, ein Vielfaches davon zu zahlen, wenn August Strack sein Ziel erreicht hätte, brachten den gewünschten Erfolg.

Der Kutscher, ein mürrischer, schweigsamer Mann undefinierbaren Alters, hatte einen gierigen Blick auf das Geldbündel geworfen und seinem Fahrgast dann sogar die Kutschentür aufgehalten, bevor er sich auf den langen Weg durch die stürmische Nacht hinauf zu den Klippen machte.

Strack war froh, endlich einen Fahrer gefunden zu haben. Seit er in Seagrove angekommen war, hatten ihn die Einheimischen misstrauisch beäugt. Und als er anfing, in den Kneipen und heruntergekommenen Hotels nach ehemaligen Angestellten des Cliff House zu fragen, wollte niemand mehr mit ihm reden. Kein Wunder, denn der dunkle Klotz am Ende der Straße, einst das schönste und renommierteste Hotel aller Seebäder im Südosten Englands, galt als verflucht. Niemand wagte sich in seine Nähe. Schon gar nicht nachts!

August Strack kümmerte sich nicht um das Geschwätz der Menschen. Er war Jäger und wusste, wie man mit den Wesen der dunklen Seite umgehen musste. Von verschiedenen Leuten hatte er vom Cliff House gehört und von der Geschichte, die zur Schließung des Hotels geführt hatte. Mehrere Menschen waren gestorben, und obwohl die Polizei alles als Unfälle oder Selbstmorde abgetan hatte, wusste Strack nach dem Studium aller Berichte und Unterlagen, dass mehr dahinter steckte.

Hotelgäste hatten sich aus den Fenstern der oberen Stockwerke gestürzt und waren an den schwarzen Klippen, die in den rauen Ozean ragten, zu Tode gekommen. Mehrere Paare hatten sich in ihren Hotelzimmern gegenseitig umgebracht. Und immer wieder berichteten Besucher, sie hätten nachts in den langen, dunklen Korridoren das Wehklagen alter Frauen gehört. Strack war es zudem gelungen, mit einem ehemaligen Pagen zu sprechen, der schwor, er habe drei alte, abgrundtief hässliche Frauen durch die Wände und Decken des Hauses gehen sehen, dies aber wohlweislich für sich behalten.

Als Strack ihn bat, eine Aussage zu unterschreiben, weigerte sich der Mann und warf ihn aus seinem Dienstbotenzimmer, das er bei einer Familie in Courtsend bewohnte, für die er inzwischen arbeitete.

Mit den gesammelten Informationen reiste Strack schließlich nach London, um den Bankier Elliot Hess zu treffen, dem das Cliff House gehörte. Hess hatte das Haus nach den Ereignissen geschlossen. Im Gespräch erfuhr Strack, dass er eigentlich nicht an Übersinnliches glaubte, aber die Ereignisse ihn eines Besseren belehrt hatten.

»Natürlich wusste ich von den Gerüchten, als ich das Haus gekauft habe«, erzählte Hess bei einem gemeinsamen Abendessen. »Aber ich habe sie immer als Humbug und Geschwätz abgetan. Die Menschen dort sind sehr abergläubisch. Eigentlich glaube ich es immer noch nicht, aber es gibt so viele Aussagen, die bestätigen, dass da etwas ist. Und Sie denken das auch?«

Strack hatte genickt und einen Schluck von seinem Sherry getrunken. »Ich bin davon überzeugt, dass es eine übersinnliche Kraft gibt, die sich in Ihrem Hotel eingenistet hat. Ich habe seit vielen Jahren Erfahrung mit dem Unerklärlichen und Unnatürlichen. Sie sehen, Sie haben nichts zu verlieren, wenn Sie mich engagieren.«

Schließlich einigten sich die Männer auf einen Preis, wenn es Strack gelänge, die Bedrohung zu beseitigen, denn Hess wollte das Hotel um jeden Preis wiedereröffnen.

Nach der Aktion würde er als Test einige ehemalige Soldaten, die er aus seiner Zeit bei der Armee kannte, im Haus übernachten lassen – natürlich unter der Aufsicht von August Strack.

Und nun war er im Hotel und traf seine Vorbereitungen. Hess hatte dafür gesorgt, dass ein Hausmeister die Stromversorgung aktiviert und die Flurbeleuchtung zentral eingeschaltet hatte, damit Strack nicht im Dunkeln durchs Haus wandern musste. Obwohl Seagrove nicht zu den Städten gehörte, in denen bereits eine flächendeckende Elektrifizierung geplant war, war der Ort wegen seiner Beliebtheit bei Touristen und Kurgästen und wegen der Macht der Bankiers schon früh an die Überlandleitungen angeschlossen worden. Die großen Hotels wie das Cliff House verfügten zudem über eigene Generatoren, die die Versorgung sicherstellten.

Strack zog seinen Mantel aus und faltete ihn zusammen. Aufgrund der Berichte hatte er eine Vorstellung davon, was sich in dem Haus eingenistet haben könnte. Strack war sich sicher, dass mindestens eine Hexe in dem Haus ihr Unwesen trieb, durch die Gänge und Räume wandelte und sich von den Seelen der hier Verstorbenen nährte. Meist verfügten Hexen über Kräfte, die Dinge vortäuschten oder Phantome erzeugten, mit denen sie ihre Opfer in den Wahnsinn trieben. Alles, was die Menschen dann sahen, hielten sie für echt und wirklich.

Bevor Strack mit der Durchsuchung des Gebäudes begann, hängte er sich zum Schutz einen Rosenkranz mit einem Kreuz um den Hals und steckte drei Fläschchen Weihwasser in die Taschen seiner eng am Körper anliegenden Weste. Dann holte er einige Stücke geweihte Kreide aus seiner Arzttasche. Das Besondere der Kreide steckte in ihren Bestandteilen. Insignien der Kirche und Beschwörungsformeln von Naturgeistern bildeten das Fundament, was sie einzigartig werden ließ. Strack steckte seinen Mantel in die

Tasche und stellte sie auf den Tresen der großen Rezeption, die wie eine Trutzburg die Eingangshalle beherrschte.

Es war Zeit, sich an die Arbeit zu machen.

2

August Strack hatte bereits einen Plan, wie er vorgehen würde. Über Hess hatte er die Baupläne des großen Hotels erhalten und eine Route überlegt, wie er das Haus durchsuchen wollte.

Das Cliff House war ein lang gestrecktes Gebäude, dessen Ende ein wenig über die Klippen hinausragte, auf denen es errichtet worden war. Das bedeutete aber auch, dass abgesehen von den Notausgängen, die sich in jedem Gang des fünfstöckigen Gebäudes befanden und die über Außentreppen zu roh in den Felsen gehauenen Pfaden verliefen, der beste Zugang über die Eingangshalle führte, von der aus sich das Erdgeschoss und die darüber liegenden Stockwerke wie ein Schlauch bis zum Meer erstreckten. Am Ende jedes Ganges gaben Panoramafenster den Blick auf das Meer frei.

Auf der Spitze des Gebäudes befand sich ein Spitzdach mit mehreren Türmen, von denen die meisten nur der Zierde dienten. Strack hoffte, dass er nicht das ganze Gebäude würde absuchen müssen.

Er sah auf die Uhr, in zwei Stunden war Mitternacht. Der Jäger hatte sich bewusst für diese späte Stunde entschieden. Seinen Erfahrungen nach waren dann die Aktivitäten der Kreaturen, auf die er es abgesehen hatte, am größten.

Bevor Strack durch die breite Tür trat, die hinter der Rezeption zum Speisesaal und zur Bar führte, zeichnete er mit Kreide einige Dämonenbanner auf den Steinboden und versprühte etwas Weihwasser an bestimmten Stellen im Raum.

Wenn seine Vermutung stimmte, würde es ihm dadurch gelingen, das Areal und die angrenzenden Wände zu versiegeln. Entscheidend war, alles für die Wesen, die sich im Haus eingenistet hatten, unbrauchbar zu machen und sie immer weiter in die Enge zu treiben.

Obwohl der Hausmeister das Licht eingeschaltet hatte, lagen alle Flure des Hotels in einem Schleier aus Dunkelheit; etwas, das Strack so noch nie gesehen hatte. Der Speisesaal bot über hundert Gästen Platz. Allerdings fungierte er zur Zeit nur noch als Abstellraum für Tische und Stühle. Wegen der Todesfälle im Haus waren die Gäste auf andere Hotels ausgewichen. Das Personal hatte eilig das Mobiliar zusammengeräumt und ebenso fluchtartig das Haus verlassen. Hess hatte Strack bei seinem Besuch mitgeteilt, dass auch lukrative Prämien niemanden zum Verbleib im Hotel bewegen konnten und er deshalb das Haus habe schließen müssen. Nur der Hausmeister, der in Seagrove wohnte, hatte sich bereit erklärt, am Tag und nur von außen notwendige Arbeiten am Hotel durchzuführen.

Der Jäger schob einige Tische aus der Mitte des Speisesaals an die Wände. Der aufgewirbelte Staub kitzelte in seiner Nase und sein Niesen schallte durch den Raum. Immer wieder schaute er sich um, ob sich an den Schatten um ihn herum etwas verändert hatte. Das Wetter erschwerte seine Arbeit. Wind trieb den Regen vom Meer gegen die Fassade des Hauses und ein konstantes Prasseln erfüllte die Räume. Es würde schwierig werden, verräterische Geräusche rechtzeitig wahrzunehmen.

Wieder verspritzte er etwas Weihwasser und zeichnete Dämonenbanner auf den Boden. In dem Moment, in dem er das Symbol auf dem Fußboden vollendet hatte, verschwand die Düsternis aus dem Raum wie Wasser, das durch eine Rinne fließt! Ein gequältes Stöhnen umgab ihn und mindestens eine Stimme zischte ihm Verwünschungen zu, bevor sie sich entfernte. Aber er konnte niemanden sehen.

Es funktionierte. Das, was sich im Hotel verkrochen hatte, floh vor der Kraft der Symbole und der Macht des Weihwassers. Strack ermahnte sich selbst. Noch kein Grund zur Euphorie. Er wusste immer noch nicht, was genau er jagte und ob es mehrere Bedrohungen gab.

Aber das Verschwinden der Dunkelheit zeigte ihm, welche Bereiche er erfolgreich gesäubert hatte. Und vielleicht hatte er Glück und würde, wenn er der fließenden Schwärze folgte, am Ende den Grund für das alles finden und vernichten können.

3

Nach einer Stunde hatte Strack alle Räume bis zum zweiten Stock gereinigt. Immer wieder beobachtete er, wie sich die Dunkelheit, die wie Nebel in den Gängen lag, lichtete, nachdem er seine Zeichen und das heilige Wasser verteilt hatte. Mehrmals hatte er das Gefühl, dass kalte Finger wie harte Zweige aus den Wänden nach ihm griffen, dann aber immer wieder vor dem Weihwasser zurückwichen, das er gegen die Holzvertäfelung und die Tapeten sprühte.

Über ihm befand sich nur noch eine Etage mit Gästezimmern, darüber lagen die Dienstbotenzimmer, das Büro des Hoteldirektors und der Dachboden. War Strack anfangs noch unsicher gewesen, wie er gegen die Wesen vorgehen sollte, die sich hier innerhalb der Mauern verbargen, so hatte er inzwischen eine Idee, um zumindest die Gefahr endgültig zu bannen. Er machte sich allerdings keine Illusionen darüber, dass es ihm allein gelingen würde, das Hotel vollständig zu säubern, dafür brauchte er andere Jäger, doch der, den er kannte, war gerade außer Landes. Daher ließ sich dieser Plan vorerst nicht verwirklichen. Aber beim Studium der Baupläne war ihm ein Raum aufgefallen, der sich in einem abgetrennten Bereich des Dachbodens befand, und der wie geschaffen für ein Gefängnis war.

Wenn es ihm gelang, die Wesen, die er noch nicht einmal gesehen hatte, dorthin zu treiben, konnte er sie darin einsperren. Die einzige Vorbereitung bestand darin, die Außenwände des Raumes so zu präparieren, dass eine Flucht durch die Wände nicht mehr möglich war. Wenn alles funktionierte, konnte er Hess anweisen, diesen Raum zuzumauern, und das Hotel wäre wieder sicher.

Inzwischen hatte er die zweite Flasche Weihwasser geöffnet. Die Kreide war etwas ergiebiger, aber er musste noch viele Symbole im Haus zeichnen.

Als August Strack die breite Treppe mit dem dunkelroten Teppich hinaufsteigen wollte, um mit der Reinigung des dritten Stockwerks zu beginnen, erschien am oberen Treppenaufgang eine wunderschöne rothaarige Frau in einem weißen Kleid.

4

Der Jäger blieb stehen und steckte Kreide und Weihwasser in seine Tasche. Was auch immer es war, er brauchte eine andere Waffe. Langsam tastete er nach dem Revolver.

Die Frau lächelte ihn an. Der Saum ihres Kleides bewegte sich, als würde Wasser ihre Füße umspülen. Ein deutliches Zeichen dafür, dass es sich nicht um eine reale Person handelte. Sollte er einfach schießen? Besser wäre es, an Informationen zu gelangen.

»Wer bist du?«, fragte er, während er die ersten beiden Stufen hinaufging, den Blick unentwegt auf das Wesen gerichtet.

Unverändert lächelnd suchte die Frau Augenkontakt zu ihm. Irgendwo in seinem Hinterkopf begann es zu ziehen.

»Ich heiße Mara«, antwortete sie. Die Worte passten nicht zu ihren Lippenbewegungen. Wieder stimmte etwas mit der Erscheinung nicht. Sie sah aus, als hätte man ein halbdurchsichtiges Bild vor ein anderes geschoben, dessen Umrisse man dahinter nur schemenhaft erkennen konnte. Und diese Konturen wichen stark von denen der jungen Frau ab, die sich als Mara vorgestellt hatte.

»Warum zerstörst du mein Heim, August?«

Strack war für einen Moment irritiert. Sie kannte seinen Namen. Wieder ging er zwei Schritte nach oben. Mit allen Mitteln versuchte er, den Blickkontakt mit dem Wesen, das vor ihm stand, zu vermeiden. Voller Anstrengung blickte er an ihrem Kopf vorbei.

»Das könnte ich dich fragen«, antwortete er, während sich seine Finger um den Griff des Revolvers schlossen. »Das ist nicht dein Zuhause. Du bist eine Plage, die sich hier eingenistet hat und für den Tod von Menschen verantwortlich ist.«

Die letzten Worte schrie der Jäger fast. Seit er den Kontakt mit ihren Augen vermied, hatte das Ziehen in seinem Kopf aufgehört. Er spürte, dass die Illusion, die sie ihm bot, schwächer geworden war. Erkennen konnte er es noch nicht, aber Maras wahre Gestalt schien die einer zerfurchten, alten Frau zu sein.

»Du verwechselst mich mit meinen Schwestern. Ich habe niemandem etwas zuleide getan. Aber wenn du willst, kann ich Malorie und Menja holen und wir fragen sie. Soll ich?«

Die Aussicht, noch zwei weitere dieser Gestalten vor sich zu haben, erschreckte Strack. Zum Glück hatte er alles hinter sich abgesichert. Niemand würde ihn von dort aus angreifen können. Mit den Namen konnte er nicht viel anfangen, außer dass er wusste, dass Malorie vom altfranzösischen Familiennamen *Maloret* abstammte, der Unglück bedeutete.

Es war an der Zeit, etwas zu unternehmen. August nahm noch zwei Stufen, bevor er den Revolver hervorholte und einen Schuss auf die Kreatur abfeuerte. Leider hatte er nicht richtig gezielt, da er an ihr vorbeischaute, um ihrem Blick zu entgehen, und so durchschlug die Kugel nur das Kleid. Aber das genügte, um die Fassade endgültig zum Einsturz zu bringen!

Mit einem Mal verwandelte sich die schöne, hochgewachsene Frau mit den roten Haaren in eine alte Vettel, die Strack voller Hass anstarrte. Sie war in graubraune Lumpen gehüllt, die eher an Säcke als an richtige Kleider erinnerten. Ihren Kopf bedeckte ein buntes Tuch, unter dem sich fettige graue Haare ihren Weg nach außen bahnten, als wären es Schlangen mit einem Eigenleben.

Mara schrie, machte eine Handbewegung und murmelte eine Beschwörung. Strack wurde augenblicklich von einer unsichtbaren Kraft die Treppe hinabgeschleudert, wobei es ihm gerade noch gelang, seinen Kopf zu schützen. Unten angekommen, sprang er auf die Beine und riss erneut den Revolver hoch.

Die Hexe war verschwunden …

5

Der Jäger fluchte. Am liebsten hätte er Mara sofort getötet, um es nur noch mit ihren beiden Schwestern zu tun zu haben. Er ging davon aus, dass die Hexe die Wahrheit gesagt hatte, zu selbstsicher war ihr Auftreten.

Umso wichtiger war es, den Plan weiter zu verfolgen und die Falle zu stellen, um sie alle zu erwischen.

Strack eilte die Treppe hinauf und ignorierte zunächst die letzten Gästezimmer und auch die Kammern der Bediensteten. Er vergewisserte sich nur, dass die Hexen nicht auf einem anderen Weg entkommen konnten. Der Dachboden hatte zwei Zugänge, von denen der erste derjenige sein sollte, in den er die Hexen jagen würde. Strack ging daran vorbei und lief zum Ende des Raumes. Dabei zeichnete er immer wieder Dämonenbanner an die Wand und besprengte den Boden mit Weihwasser. Hier kam kein schwarzmagisches Wesen mehr durch.

An der Außenmauer musste er sich zwischen der Wand und dem gemauerten Innenteil hindurchzwängen, um auf die andere Seite zu gelangen. Auch hier markierte er Boden und Wand mit den Abwehrsymbolen und Weihwasser. Dann ging er an der anderen Seite des gemauerten Innenraums vorbei, um dort seine Markierungen zu setzen. Nun konnte Strack sicher sein, dass die Hexen, wenn es ihm gelang, sie auf diese Ebene zu treiben, nur noch durch den ersten Eingang gelangen konnten, den er dann zum Abschluss mit allen notwendigen Symbolen verschließen würde, falls es ihm nicht gelingen sollte, die Hexen mit dem Revolver oder dem Schwert zu töten.

Er holte tief Luft, um sich auf den letzten Teil der Jagd vorzubereiten. Ein ganzes Stück Kreide war übrig geblieben, und das letzte Fläschchen Weihwasser war noch gut zur Hälfte gefüllt. Strack war sich sicher, dass er die Wege damit versiegeln konnte, um die Hexen hierher zu treiben.

Auf dem Weg zurück in den dritten Stock dachte er nach. Warum hatten sie ihn nicht angegriffen oder waren in seine Gedanken eingedrungen? So wie sie es offensichtlich bei den Hotelgästen getan hatten. Er kam zu keinem Ergebnis, aber er vermutete, dass die Hexen gespürt hatten, dass er sich wehren konnte und sie kein Risiko eingehen wollten. Außerdem schien der Rosenkranz ihn wirklich beschützt zu haben.

In wenigen Minuten brachte Strack die Dämonenbanner im dritten Stock und auf der Ebene der Personalräume an. Wie in den unteren Stockwerken schien die Dunkelheit vor ihm zu fliehen. Immer wieder hörte er, wie sein Name gerufen wurde. Lockende Stimmen forderten ihn auf, seine Waffen niederzulegen und sich den Freuden hinzugeben, die man ihm bereiten würde.

Obwohl er darauf vorbereitet war, ertappte er sich dabei, wie er den Revolver auf den Boden legte und sich anschickte, das Schwert vom Gürtel zu lösen. Mit aller Kraft ohrfeigte er sich mehrmals und goss sich etwas Weihwasser über den Kopf. Mit einem enttäuschten Zischen verschwanden die Stimmen und machten krächzenden Flüchen Platz, die durch den Gang hallten.

Und dann sah er sie. Am Ende des Ganges, wo nur noch der Weg zum Dachboden blieb, standen sie am Fuß der Treppe, die nach oben führte.

Diejenige, die sich als Mara vorgestellt hatte, erkannte er auf Anhieb. Wer von den beiden anderen Malorie und Menja war, interessierte ihn nicht. Alle drei präsentierten sich in ihrer Hexengestalt. Offenbar hatten sie ihre Kräfte im

Kampf gegen die weiße Magie, die er im Haus verteilt hatte, verbraucht und konnten keine Trugbilder mehr erzeugen.

Auch die beiden anderen Hexen sahen unendlich alt aus. Ihre Kleider waren noch zerschlissener als die ihrer Schwester. Der Jäger war sich sicher, dass auch dies nicht ihre wahre Gestalt war. Er war froh, nicht damit konfrontiert zu werden, ging auf sie zu, murmelte seinerseits magische Formeln, zeichnete immer wieder Symbole an die Wände und drängte die Frauen die Treppe hinauf.

»Lass uns ins Geschäft kommen«, krächzte eine der beiden, die Strack vorher noch nicht gesehen hatte, mit einer Stimme, als kullerten ihr kleine Steine die Kehle hinunter. »Was willst du? Wir können dir jeden Wunsch erfüllen.«

Unbeirrt ging der Jäger weiter und vermied jeden Blickkontakt. »Ihr könnt mir nichts bieten. Kreaturen wie ihr gehören mit Stumpf und Stiel ausgerottet. Und deshalb bin ich hier. Ihr habt genug Schaden angerichtet. Und jetzt geht weiter die Treppe hinauf!«

Strack wagte es nicht, den Revolver zu ziehen, denn die Hexen hätten ihn in diesem Augenblick angreifen können. So zwang er sie, Stufe für Stufe in die von ihm vorbereitete Falle zu laufen.

Als die drei Stracks Plan durchschauten, versuchten sie einmal, ihn anzugreifen, doch er reagierte mit einem Schuss Weihwasser. Die Flüssigkeit traf die Gesichter der *Frauen* und hinterließ rauchende Flecken auf der Haut. Die spitzen Schmerzensschreie der Hexen ließen die Ohren des Jägers klingeln.

Schritt für Schritt gelang es ihm, sie weiter nach oben zu treiben. Auf dem Dachboden erkannten die Hexen, dass es für sie keine andere Möglichkeit gab, als sich in den gemauerten Raum zurückzuziehen, den Strack nicht mit weißmagischen Symbolen versehen hatte. Die einzige Möglichkeit, eine unkontrollierte Flucht der Hexen aus dem Hotel zu verhindern.

Wimmernd und heulend wichen sie vor ihm zurück. Mara versuchte ein letztes Mal, ihn zu überreden, sie freizulassen. »Du willst Geld, Reichtum, ewiges Leben? Das alles können wir dir geben, wenn du uns nur gehen lässt.«

August Strack schüttelte den Kopf. Er hatte die Lippen zu einem Strich zusammengepresst. Immer darauf konzentriert, jeglichen Augenkontakt zu vermeiden, während er seine Aufgabe erfüllte. Damit sie ihn nicht doch noch überrumpeln konnten.

»Du denkst doch wohl nicht ernsthaft, dass du uns damit loswirst«, spottete die dritte der Hexen, die bisher noch keinen Ton gesagt hatte. »Wir haben schon ganz andere Gegner besiegt. Sei auf der Hut, dreh dich immer um, wenn du nachts unterwegs bist, denn irgendwann finden wir dich!«

»Das glaube ich kaum«, sagte Strack, zeichnete ein weiteres Symbol auf die Innenseite der Tür und warf sie zu! Für einen Moment ertönten die Schreie der drei Frauen. Strack hatte das Gefühl, dass das Haus in seinen Grundfesten erbebte. Er zeichnete von außen ein letztes Symbol auf die Tür und tränkte das Holz mit Weihwasser. Wenn er keinen Fehler gemacht hatte, würden die drei Hexen nie wieder das Tageslicht erblicken. Ob sie in diesem Raum überleben konnten, wusste Strack nicht. Aber es war ihm auch egal.

Die Anspannung fiel von ihm ab. Urplötzlich spürte er die Erschöpfung, die sich in ihm ausbreitete.

Er ging hinunter zur Rezeption, steckte die leeren Fläschchen in die Arzttasche und nahm seinen Mantel wieder heraus. Der Kutscher sollte ihn am Morgen pünktlich um sechs Uhr abholen. Strack ging davon aus, dass er sich auch diesmal das zusätzliche Geld nicht entgehen lassen würde.

Dann würde er zum Hausmeister fahren und mit ihm und einigen Männern dafür sorgen, dass der Raum auf dem Dachboden mit einer weiteren Mauer umgeben wurde, damit niemand die Symbole entfernen konnte, die das Gefängnis der drei Hexen sicherten.

Strack schlurfte in den Speisesaal, schob zwei Sessel zusammen und legte die Beine hoch. In seiner Tasche hatte er noch ein Sandwich und eine Flasche Wasser. Es war Zeit, etwas zu essen.

Wenige Minuten später schlug die Uhr im Speisesaal zwölfmal. Es war Donnerstag, der 11. April 1901.

6

Sterling Hess saß in Gedanken versunken in seinem Büro und blickte durch das große Fenster auf das Meer, dessen Wellen sich seit Jahrtausenden an den Klippen brachen, auf denen das Cliff House erbaut worden war.

Die letzten Gäste hatten das Hotel am Vortag verlassen, und auch die Angestellten waren heute zu ihren Familien und Freunden abgereist. Im Gegensatz zu den Zeiten, als sein Großvater und sein Vater das Hotel führten, schloss Sterling Hess das Hotel am 1. November und öffnete es erst wieder am 1. März des folgenden Jahres. Die Einnahmen waren so gut, dass er sich das leisten konnte. Außerdem war es wieder einmal an der Zeit, einige Renovierungsarbeiten durchzuführen. Ein so altes Haus musste immer gepflegt werden, damit die Substanz keinen Schaden nahm. Zudem erwarteten die Gäste ständige Neuerungen, schließlich zahlten sie nicht wenig für das beste Hotel am Platz. So wurde mit ersten Arbeiten begonnen, als die letzten Gäste noch im Haus weilten.

Aber in diesem Jahr war etwas anders. Normalerweise genoss Hess die ersten beiden Tage, wenn er allein in dem großen Klotz hier oben auf den Klippen war, die einzigen Geräusche, die die Stille durchbrachen, das unaufhörliche Rauschen der Wellen und die Schreie der Möwen, die von den Türmen des Hotels auf die Jagd nach Nahrung gingen. Er kannte jeden Winkel des Hauses von Kindesbeinen an, das Gebäude machte ihm keine Angst. Ganz im Gegenteil. Es schien ihn stets wie ein Kokon einzuhüllen.

Doch seit einigen Tagen hatte er das Gefühl, verfolgt zu werden. Jedes Mal, wenn er durch die Gänge lief, meinte er, Geräusche und Stimmen zu hören, aber immer, wenn er sich umdrehte, war er allein. Jedoch kam dieses Gefühl nie auf, wenn andere Menschen in der Nähe waren.

Aus diesem Grund hatte Hess zum ersten Mal in all den Jahren ein wenig Angst vor dem Moment, in dem alle weg waren. Er hatte heute sogar Colin angerufen und gefragt, ob er ihn nicht besuchen wolle. Aber sein Sohn hatte noch in London zu tun und würde in der Hauptstadt übernachten. Und Hess wollte ihn nicht drängen oder gar beunruhigen. Ihr Verhältnis war von inniger Zuneigung geprägt, und sein Sohn merkte sofort, wenn seinen Vater etwas bedrückte, und er versuchte deshalb, seine Frage möglichst unverbindlich zu formulieren.

Inzwischen war die Sonne untergegangen. Am wolkenverhangenen Himmel konnte er Blitze erkennen, aber der Wetterbericht hatte nur von Stürmen auf See gesprochen. Hier in Seagrove würde es kalt, aber trocken sein. Vielleicht sollte er sich einen Tee kochen. Obwohl er neben seinem Büro eine kleine Küchenzeile hatte einbauen lassen, würde er nach unten in den Speisesaal gehen. Er brauchte etwas Nahrhaftes und die Speisekammer war noch gut gefüllt. Ein leckeres Pastagericht wäre jetzt genau das Richtige. Nach dem Essen konnte er seinen Tee trinken und im Aufenthaltsraum die Nachrichten schauen.

Seine Knie schmerzten, als Hess aufstand und sich streckte, bevor er das Büro verließ. Der lange, halbdunkle Flur vor seinem Büro hätte einem Fremden Probleme bereitet. Aber nicht Hess. Bis auf die Notbeleuchtung hatte der Hotelier um Energie zu sparen alle Lichter dimmen lassen, die kleinen grünen Lämpchen an der Wand bildeten Inseln aus Licht, das kaum bis zum Boden reichte. Hess, der seit seiner Kindheit im Hotel wohnte, ging zielsicher zur Treppe, als er hinter sich etwas hörte.

Er hielt inne und drehte sich um. Was war das für ein Geräusch gewesen? Ein heftiger Windstoß traf das Haus und die Fensterläden klapperten. Obwohl Hess zusammenzuckte, war er beruhigt. Das musste es gewesen sein. Aber er war auch von sich selbst überrascht. Nie zuvor hatte er sich in seinem eigenen Haus unwohl gefühlt.

Das Geräusch wiederholte sich nicht. Wahrscheinlich war eine der Möwen auf dem Dach gelandet und heruntergerutscht. Das passierte manchmal. Einige Gäste hatten sich in der Vergangenheit beschwert, wenn die Vögel auf ihren Balkonen saßen. Doch ganz beruhigt war Hess noch nicht. Vielleicht ist doch noch jemand im Haus, schoss es ihm durch den Kopf. Vor Einbrechern hatte er keine Angst, da er in seiner Armeezeit schon einige Prügeleien überstanden hatte.

Wäre es nicht doch sicherer, ins Büro zu gehen und die Pistole seines Vaters zu holen?

Hess machte sich auf den Rückweg und spähte durch den Flur. Jetzt verfluchte er seine Entscheidung, die Hauptbeleuchtung der Gänge ausgeschaltet zu haben. Aber nichts deutete darauf hin, dass außer ihm noch jemand anwesend war. Er schalt sich in Gedanken einen Narren. Was sollte ihm hier schon passieren?

In dem Moment, als Sterling Hess in der Dunkelheit mit einem Lächeln auf den Lippen die Türklinke seines Büros ertastete, tauchten wenige Meter vor ihm zwei rot glühende Augen auf, die direkt in seine Seele blickten!

7

Warum war er nur so selten auf dem Dachboden? Diesem erhabenen Ort hoch oben über allem. Natürlich kannte er jeden Zentimeter des Hotels, aber wann war er das letzte Mal in der obersten Etage des Cliff House gewesen? Dabei war es genau der richtige Ort für das, was er jetzt tun wollte.

Das Meer konnte man von hier aus kaum sehen. Hess musste sich auf die Zehenspitzen stellen, um aus einem der schrägen Dachfenster zu schauen. Aber die Luken waren einfach zu eng. Dann eben der Revolver. Es wurde Zeit, es ihnen zu zeigen. Den Schmarotzern um ihn herum, die alle nur eines von ihm wollten. Sein Geld. Und Colin, dieser Taugenichts, war der Schlimmste von allen. Ein Parasit der miesesten Sorte, das wusste er jetzt.

Hess ärgerte sich, dass er nicht früher darauf gekommen war, dass dies die beste Lösung wäre, um es allen zu zeigen. Hätte sie ihn nicht darauf aufmerksam gemacht, würde er jetzt immer noch unten sitzen, seinen Tee schlürfen und glauben, dass alles in Ordnung sei. Aber das war es nicht.

Sie würden schon sehen, was sie davon hätten, ihn so zu behandeln. Hess ging zurück zum Eingang des Dachbodens. Er hatte noch nie bemerkt, dass die Mauer in dem Raum Risse aufwies. Offenbar hatten die Handwerker geschlampt. Viel Geld kassieren und dann nur Pfusch abliefern.

Aber darum konnten sich jetzt andere kümmern.

In der Mitte des Raumes stand ein Sessel, in den sich der Hotelier fallen ließ. Er verlor sich in seinen Gedanken, streichelte den Revolver, überprüfte die Kammern der Waffe. Sechs Schuss. Aber einer würde reichen.

Hinter sich spürte er ihre Bewegung. Sie verstand ihn. Warum war sie ihm erst jetzt aufgefallen? Er mochte ihren Namen, hatte ihn aber schon wieder vergessen. Irgendwas mit M. Margret? Mandy?

Sie kümmerte es nicht. Sanft streichelte sie ihm über die Stirn und sagte, es sei Zeit. Für einen kurzen Moment spürte er, wie ihm Kälte wie Wasser über die Schultern lief. Eine Gänsehaut überzog seine Arme, er krümmte sich, als suche er Schutz.

Sie ging an ihm vorbei und stellte sich neben einen der Risse in der Mauer. Dann lächelte sie ihn an, während ihr Haar und ihr weißes Kleid im Wind wehten.

Wie konnte man diesen roten Augen etwas abschlagen? Wie konnte man dieses Glühen ignorieren, das aussah, als würden Flammen aus ihrem Schädel lodern, wohlwissend, dass nur sie ihn verstand?

Hess hob langsam den Revolver. In einem verborgenen Winkel seines Geistes regte sich ein letzter verzweifelter Widerstand gegen das Unvermeidliche. Was tat er hier? Für den

Bruchteil einer Sekunde erstarrte seine Hand, doch ihr Blick brachte ihn dazu, sie weiter zum Kopf zu führen. Jetzt brauchte er nur noch den Finger zu krümmen, und er wäre am Ziel.

In dem kurzen Augenblick, bevor Sterling Hess an der Kugel starb, die er sich in den Kopf schoss, sah er noch, wie sich die schöne Frau vor ihm in eine alte, hässliche Gestalt verwandelte, die sich auf unbeschreibliche Weise mit einem höhnischen Lachen in den Spalt in der Wand hinter ihr zurückzog …

8

Colin Hess begleitete die Aktivitäten zur Wiedereröffnung des Cliff House am 1. März mit einem lachenden und einem weinenden Auge.

Es war erst vier Monate her, dass sich sein Vater auf dem Dachboden des Hotels das Leben genommen hatte. Bis heute konnte sich niemand in der Familie erklären, welchen Grund er gehabt haben könnte, sich so etwas anzutun. Auch Colin stand unter Schock, als er von der Polizei kontaktiert wurde, nachdem der Hausmeister die sterblichen Überreste gefunden hatte. Als Alleinerbe war er gezwungen, Entscheidungen zu treffen, und sein erster Impuls war, das Hotel zu verkaufen oder sogar zu schließen, aber der junge Mann, der auch einen großen Teil seiner Kindheit in dem Haus verbracht hatte, entschied sich dagegen. Das konnte er seinem Vater einfach nicht antun.

Daher kümmerte er sich um die laufenden Renovierungsarbeiten und sorgte dafür, dass bei der Wiedereröffnung alles fertig war. Bis zum letzten Tag hatten die Maler und Elektriker gearbeitet, und man konnte in einigen Zimmern sogar noch den Geruch frischer Farbe wahrnehmen. Es hatte allerdings auch einige Verzögerungen gegeben. Ein Maler war von der Leiter gefallen und hatte sich die Arme gebrochen, und an einem anderen Tag hatte einer der Elektriker einen Stromschlag bekommen, der zu schweren Verbrennungen auf seiner Haut geführt hatte.

Aber schließlich wurden alle Arbeiten rechtzeitig abgeschlossen. Colin, der in London für eine Versicherung arbeitete, nahm sich ein paar Tage frei, um bei der Wiedereröffnung des Cliff House nach der Winterpause persönlich anwesend zu sein.

Sein Ziel war es, mit potenziellen Hotelmanagern Gespräche zu führen, weil er das Haus zwar behalten, aber nicht selbst leiten wollte. Und es machte ihn glücklich zu beobachten, wie die ersten Gäste eintrafen, das Haus bewunderten und er ihnen ansehen konnte, wie sehr sie sich auf ihren Aufenthalt freuten.

Daher war Colin Hess überzeugt, das Erbe seines Vaters mit Respekt und Enthusiasmus weiterführen zu können. Und das verdrängte ein wenig die schweren Gedanken und Schuldgefühle, die ihn seit dem Abend plagten, an dem er sich geweigert hatte, der Bitte seines Vaters nachzukommen, ins Cliff House zu kommen.

9

Zwei Dinge liebte Albert Patterson an seinem Beruf besonders.

Zum einen die Freiheit, die ihm seine Arbeit als selbstständiger Handelsvertreter für Textilien und Damenoberbekleidung bot. Da zu seinen Kunden sowohl Großhändler als auch kleine Boutiquen gehörten, konnte er fast überall arbeiten, wo es ihm gefiel.

Das andere waren die schönen Hotels, die er auf diese Weise kennenlernte.

Zu Beginn der Verkaufssaison für die Herbstware hatte sich Patterson in diesem Jahr für einen Start in Seagrove entschieden. Seit dem Wochenende bewohnte er ein Zimmer im fünften Stock des altehrwürdigen Cliff House. Die historische Fassade und die verschiedenen kleinen Türme, die über das Dach verteilt waren, hatten ihn von Anfang an beeindruckt. Wenn man oben auf einer der Aussichtsplattformen stand, konnte man das Tosen des Wassers hören, wenn sich die Wellen an den Felsen brachen.

Als der Vertreter am ersten Tag ankam, regnete es. Seine Enttäuschung, weil er gehofft hatte, die Umgebung des Hotels zu erkunden, währte nicht lange. Auf seiner Etage entdeckte er das große Fenster am Ende des Flurs, wo eine Sitzgruppe dazu einlud, gemütlich mit einem heißen Getränk das Spiel der Wellen und die Kräfte der Natur zu beobachten. Patterson verweilte dort am Sonntag einige Zeit und hing seinen Gedanken nach.

Inzwischen hatte er erste Gespräche in Seagrove geführt. Er hatte bereits Termine mit den Inhabern verschiedener Geschäfte in dem Touristenort vereinbart. Der Montag verlief noch zäh, aber am Dienstag konnte er einige Aufträge abschließen. Patterson hatte sich darauf spezialisiert, mehrere Hersteller zu vertreten, um in fast allen Geschäften anbieten zu können. Die meisten seiner Kunden kannte er schon lange, und oft war das Verhältnis freundschaftlich.

Am Ende des Arbeitstages saß der Vertreter im großen Speisesaal des Cliff House und ließ sich das Tagesmenü schmecken. Patterson war ein großer Mann, der sein Leben genoss, und das sah man ihm an. Das regelmäßige Hotelessen und der Mangel an Bewegung hatten ihm einen stattlichen Bauch beschert. Die Wangen seines runden Gesichts schimmerten immer ein wenig rötlich, als hätte er gerade herzhaft gelacht, obwohl es wahrscheinlich eher an seinem zu hohen Blutdruck lag.

Ein Nachteil seines Berufes war, dass es ihm schwerfiel, Freundschaften oder gar Beziehungen außerhalb seiner geschäftlichen Kontakte zu pflegen. Nächstes Jahr würde er fünfzig Jahre alt werden, und seine Mutter drängte ihn immer noch, sich endlich eine Frau zu suchen. Seine dezenten Andeutungen, dass sein Interesse eher dem eigenen Geschlecht gelte, ignorierte sie geflissentlich. Die Frage, ob er sich einsam fühlte, hätte er wahrscheinlich verneint, aber heute war einer dieser Abende, an denen er gerne mit jemandem zusammen gewesen wäre.

Die Kellnerin hatte das Geschirr abgeräumt, und er hatte noch eine Tasse Tee bestellt. In Gedanken versunken, rauchte er eine Zigarette und blickte aus dem Fenster auf das Meer hinaus.

»Wünschen Sie noch etwas, Sir?«, fragte die Kellnerin und Albert Patterson zuckte zusammen.

»Danke, ich brauche nichts mehr. Ich glaube, es ist Zeit für mich, nach oben zu gehen.«

Dabei schob er der jungen Dame ein Trinkgeld zu, die sich mit einem Nicken bedankte.

Der Vertreter drückte seine Zigarette im Aschenbecher aus und ging durch den Speisesaal zum Aufzug. Er wusste, dass die Treppe für seine Figur besser geeignet wäre. Ab morgen würde er den Aufzug meiden, dabei verdrängte er erfolgreich den Gedanken, dass er diesen Plan schon am Vorabend gefasst hatte.

Der Aufzug näherte sich mit einem Rumpeln dem Erdgeschoss. Obwohl die Betreiber einige Renovierungen vorgenommen hatten, schien der Fahrstuhl die meiste Zeit unverändert überstanden zu haben. Den Eingang zur Kabine zierte noch immer ein verschnörkeltes Gitter, bei dem man beim Schließen aufpassen musste, dass man sich nicht die Finger einklemmte. Ein Klingeln ertönte und die Aufzugstür wurde von innen geöffnet. Ein junges Paar stieg aus, nickte Patterson freundlich zu, und machte sich auf den Weg in den Speisesaal.

Der Vertreter stieg in den Aufzug, schloss die Tür und drückte die 5 auf dem Bedienfeld. Die Kabine setzte sich mit einem Ruck in Bewegung. Gerade als Patterson seinen Zimmerschlüssel aus der Tasche ziehen wollte, erlosch das Licht und ein eisiger Hauch umwehte seinen Körper.

10

Der Mann erschrak. Was war hier los? Natürlich konnte es vorkommen, dass in einem so alten Aufzug das Licht ausfiel, aber Patterson fand sich plötzlich in absoluter Dunkelheit wieder, was eigentlich unmöglich war. Die Kabine bestand aus einem Metallkäfig, der das Licht, das im Haus schien, durchlassen sollte. Aber jetzt fühlte er sich wie in einem geschlossenen Sarg. Hier stimmte etwas nicht …

Panik stieg in dem Vertreter auf. Schweiß bildete sich auf seinem Körper, und er meinte, das Pochen seines Herzens zu hören. In der Dunkelheit tastete er nach dem Bedienfeld des Aufzugs, doch seine Hände griffen ins Leere. Auch das konnte nicht sein! Die Kabine fasste höchstens vier Personen, und bei seiner Größe und Leibesfülle musste er bei jedem Schritt das Gitter berühren.

Wieder wehte ein Wind durch die Schwärze, die ihn umgab, so kalt, dass ihm der Schweiß auf der Haut zu gefrieren schien. Er fröstelte, obwohl die innere Hitze, die Unruhe, nicht zu wissen, was hier vor sich ging, in ihm brodelte und ihn zu übermannen drohte. Vielleicht war er ohnmächtig geworden und halluzinierte? Oder sein Blutdruck spielte ihm nach der üppigen Mahlzeit einen Streich. Anders konnte er sich nicht erklären, was mit ihm geschah.

Albert Patterson zwang sich zur Ruhe. Er schloss die Augen und tastete weiter nach den Wänden der Aufzugskabine. Aus weiter Entfernung vernahm er das unverkennbare Rumpeln des Fahrstuhls. Dann schlossen sich mit einem Mal seine Finger um das Metall der Kabine.

Ohne die Augen zu öffnen, tastete er sich an den Metallstangen entlang, um das Bedienfeld zu finden. War das Geräusch des Aufzugs nicht wieder lauter geworden? Inzwischen konnte er sich selbst einreden, dass er an einer Art Schwächeanfall litt, der von Halluzinationen begleitet wurde. Er hatte noch nie von so etwas gehört, aber das musste ja nichts heißen.

Der kleine Finger seiner linken Hand fuhr über eine Platte mit Knöpfen. Das Bedienfeld! Der Vertreter riss die Augen auf und alles schien wieder normal zu sein. Er hatte sich das Ganze nur eingebildet. Ein Blick nach oben auf die Leuchtanzeige verriet ihm, dass sich die Kabine zwischen der vierten und fünften Etage befand. In wenigen Sekunden würde er den Aufzug verlassen können.

Patterson schwor sich, nie wieder in den Aufzug zu steigen, aber auch, sich am nächsten Tag von einem Arzt untersuchen zu lassen. Solche Halluzinationen kamen schließlich nicht von allein. Voller Erleichterung zog er ein Taschentuch heraus und wischte sich den Schweiß von Gesicht und Stirn.

Der Aufzug fuhr die letzten Meter, hielt an und die Tür zu seinem Stockwerk öffnete sich, während Patterson das Taschentuch wieder einsteckte.

Als er aufblickte, sah er als Erstes die haarigen Beine der beiden fußballgroßen schwarzen Spinnen, die zu ihm in die Kabine krochen!

11

Für einen Moment erstarrte Albert Patterson und das Blut in seinen Adern gefror zu Eis. Der Hotelflur, an dessen Ende sein Zimmer lag, glich einem Albtraum.

Blut bedeckte den Boden. Türen zu einigen Zimmern standen offen, Wände waren teilweise beschädigt und zerkratzt. Große Teile der Vertäfelung waren mit dickem weißen Schleim bedeckt. Spinnweben!

Im ganzen Flur und an den Wänden saßen mindestens zwanzig dieser überdimensionalen Spinnen, von denen zwei ihn fast schon erreicht hatten!

Patterson prallte mit einem Aufschrei gegen die Rückwand des Aufzugs. Panisch presste er die Faust seiner rechten Hand vor den Mund und konnte sich nicht mehr rühren. Schon als Kind hatte er Spinnen verabscheut, obwohl er wusste, dass sie harmlos und ein wichtiger Teil der Natur waren. Aber ihre seltsamen Bewegungen, ihre schnellen Beine und die Möglichkeit, ihnen überall zu begegnen, machten ihm Angst.

Während die Tiere im Gang vor ihm verharrten, als würden sie auf ihn warten, erkundeten die beiden Exemplare, die zu ihm in die Kabine gekommen waren, die Umgebung. Ihre Beine verursachten ein kratzendes und scharrendes Geräusch, das dem Vertreter einen Schauer über den Rücken jagte. Er musste hier raus, aber seine Angst lähmte ihn vollends.

Mit den Spinnen floss auch ein Strom des Blutes zu ihm in den Aufzug und sammelte sich zwischen seinen Füßen. Ein Teil der Flüssigkeit tropfte durch das Gitter in den Fahrstuhlschacht und verursachte ein unheimliches Plätschern. Warum bemerkte niemand, was er hier durchmachte?

Für einen Moment arbeitete Pattersons Verstand messerscharf. Es gab nur zwei Möglichkeiten. Die eine war, dass er immer noch halluzinierte und bewusstlos in der Aufzugskabine lag. Dann würde man ihn bald finden und ihm helfen.

Die andere Möglichkeit war so absurd, dass er sie sich nicht einmal vorstellen konnte. Und zwar, dass alles, was er sah und erlebte, der Realität entsprach. Welche Kräfte auch immer am Werk waren – wenn es so war, dann musste er hier raus, wenn er eine Chance haben wollte zu entkommen.

Obwohl die Überlegung nur wenige Sekunden gedauert hatte, genügte sie den beiden Spinnen, um die Füße des Vertreters zu erreichen. Die Vorderbeine des einen schwarzen Tieres strichen fast sanft über seine Hose, während die andere Spinne sich anschickte, an ihm hochzuklettern!

In diesem Augenblick fiel der Bann von Albert Patterson. Mit einem kurzen Aufschrei wischte er sich angewidert das schwarze, haarige Knäuel vom Leib, das fast seine Hüfte erreicht hatte, und trat mit aller Kraft auf das Tier ein, das vor ihm saß. Ein lautes Knacken, vermischt mit einem ohrenbetäubenden Kreischen, ertönte, als die Spinne ihr Leben aushauchte.

Das schien eine Art Signal für die anderen Tiere zu sein, denn sie alle drehten sich augenblicklich in Pattersons Richtung um! Der Vertreter sah nur eine Chance, dieser Situation zu entkommen. Am Ende des Ganges, kurz vor dem großen Panoramafenster, das auf die Bucht hinausging, befand sich auf der linken Seite sein Zimmer. Obwohl er wusste, dass er, selbst wenn er rannte, langsam sein würde, musste er es versuchen.

Bevor die Spinne in der Kabine ihn wieder angreifen konnte, stürzte Albert Patterson aus dem Aufzug. Schon nach wenigen Schritten war er außer Atem, und seine Brust zog sich vor Anstrengung unter Schmerzen zusammen. Wann hatte er das letzte Mal Sport getrieben? Und jetzt ging es um sein Leben.

Auf keinen Fall durfte er auf eines der übergroßen schwarzen Tiere treten. Patterson hielt sich die Arme vor das Gesicht, um nicht mit den Spinnweben im Gang in Berührung zu kommen. Es würde eine Herausforderung werden, denn der Flur war mindestens fünfzehn Meter lang.

Überall um ihn herum erwachte der Gang schlagartig zum Leben. Die Spinnen krabbelten übereinander, um ihm zu folgen. Das Geräusch ihrer haarigen Beine, die über den Boden und die Wände glitten, verursachte ihm Übelkeit. Aber bisher hatten sie ihn nicht aufgehalten. Einmal rutschte er auf dem Blut aus und konnte sich nur mit Mühe an einem der Türrahmen festhalten, doch bevor ihn die Spinne, die an der Wand saß und ihn mit ihren großen schwarzen Augen anstarrte, berühren konnte, lief er weiter.

Er würde es schaffen! Noch zwei Meter. Endlich zog er seinen Zimmerschlüssel aus der Hosentasche, was er bisher vermieden hatte, um ihn nicht vor Angst fallen zu lassen.

Er steckte ihn ins Schloss seiner Zimmertür und drehte ihn herum. Bald war er in Sicherheit. Er drückte die Klinke nach unten und riss die Tür auf.

Vor ihm in seinem Zimmer stand eine hässliche, alte Frau, die ihn mit blutunterlaufenen Augen ansah und höhnisch kicherte. Patterson stieß einen Schrei aus und blieb trotz der Bedrohung hinter sich stehen.

»Ich hätte angenommen, dass du schon im Aufzug stirbst, aber so macht es viel mehr Spaß«, krächzte die Alte und griff mit verkrüppelten Fingern nach ihm. Hinter ihr drängten weitere der überdimensionalen Spinnen hervor und dahinter andere Wesen, deren Konturen er kaum erkennen konnte.

Patterson stolperte wieder aus seinem Zimmer und blickte nach rechts, wo eine Wand aus Spinnen mit blutigen Fühlern auf ihn zuraste. Geradeaus ging es nicht weiter, auch von der anderen Seite des Ganges stürmten die Monster auf ihn zu.

Albert Patterson taumelte rückwärts, bis er mit dem Rücken gegen das große Fenster stieß, aus dem er noch vor wenigen Tagen auf die Felsen unterhalb des Hotels geblickt hatte.

Sein Schrei, als die Spinnen an seinem Körper hochkletterten, mit ihm durch die Scheibe brachen und in die Tiefe stürzten, dauerte nur einen Augenblick …

12

Janet Poole hatte keinen Hunger mehr als sie einen Blick in den Speisesaal warf. Sie und Robbie hatten den größten Teil ihrer Flitterwochen in ihrem Zimmer verbracht und genossen den Aufenthalt. Er hatte vorgeschlagen, erneut im Hotel zu essen und etwas an der Bar zu trinken, bevor sie den Abend mit wenig Schlaf im Bett ausklingen lassen würden, aber als Janet sah, wie voll der Speisesaal war, verging ihr der Appetit. Zwar schien gerade ein Platz frei geworden zu sein, aber da stand schon ein anderes Pärchen am Tisch. Dabei wurde dieser gerade erst von einer Kellnerin abgeräumt.

Robbie, der seine Frau seit der Schulzeit kannte, wusste genau, was in ihr vorging. »Sollen wir nach oben gehen und uns etwas aufs Zimmer bringen lassen?«

Sie lächelte Robbie an, mit dem sie seit zwei Wochen verheiratet war, nachdem sie fast fünf Jahre zusammen gewesen waren, und nickte. »Sehr gerne. Eigentlich habe ich auch noch keinen Hunger. Aber ich will jetzt auch noch nicht an die Bar. Lass uns raufgehen, es uns noch ein bisschen gemütlich machen und später essen.«

Sie küsste Robbie auf den Mund und zog ihn an der Hand zurück zum Aufzug. Sie waren beide in diesem Jahr dreiundzwanzig geworden und hatten mehr oder weniger ohne den Segen ihrer Eltern geheiratet. Janets Vater hielt nichts von Robbies Wunsch, seinen Job als Schreiner an den Nagel zu hängen und sich in London als Schauspieler zu versuchen. Und Robbies Vater hatte generell eine Abneigung gegen die Familie von Janet, da er sie für arrogante Snobs hielt, die nur dadurch ihr Geld verdienten, indem sie ›Bruchbuden zu überhöhten Preisen an arme Schlucker vermieteten‹, wie er sich ausdrückte.

Die junge Frau mit dem blonden Bubikopf und der Schreiner, der seit einem Arbeitsunfall mit einer Säge am Mund immer etwas zynisch zu lachen schien, hielten ihre Beziehung lange geheim, bis eine Nachbarin, die die beiden im Restaurant gesehen hatte, schnurstracks zu Janets Eltern rannte. Danach war der interne Familientratsch nicht mehr zu stoppen. Als der Druck auf sie und Robbie, der ebenfalls noch bei seinen Eltern wohnte, zu groß wurde, beschlossen sie, Chelmsford für eine Weile den Rücken zu kehren, allein zu heiraten und sich nach Seagrove zurückzuziehen. Robbie hatte etwas Geld von seiner Großmutter geerbt, und so konnten sie für ein paar Tage verschwinden. Janet kannte den Badeort noch aus ihrer Kindheit und fand, er war genau richtig für Zweisamkeit.

Robbie drückte auf den Knopf des Fahrstuhls. Janet blickte auf die goldene Tafel, auf der in leuchtenden Buchstaben das Stockwerk angezeigt wurde, in dem sich der Aufzug gerade befand. Sie erinnerte sich, dass nach ihnen ein etwas übergewichtiger Mann in den Aufzug gestiegen und nach oben gefahren war.

Minutenlang passierte nichts. Robbie nahm sie in die Arme und küsste sie auf die Wange. Eine Gänsehaut lief ihr über den Rücken und sie war überglücklich. Es war unglaublich, wie sehr sie ihn liebte.

»Ich glaube, das wird heute nichts mehr«, sagte er und zeigte auf die gleichbleibende Leuchtanzeige. »Die stehen wahrscheinlich oben in der Fahrstuhltür und unterhalten sich, und wir schauen in die Röhre.«

Janet seufzte. »Wahrscheinlich hast du Recht. Komm, wir gehen zu Fuß. Ich denke, wir schaffen die drei Stockwerke, so viel Anstrengung hatten wir heute noch nicht.«

Robbie schenkte ihr ein anzügliches Lächeln und ging vor ihr die Treppe hinauf. Als sie nach oben gingen, hatte Janet für einen Moment das Gefühl, als würden die Lichter im

Hotel flackern, und von irgendwo her wehte ein kalter Windstoß durch das Treppenhaus, der sie frösteln ließ. »Spürst du das auch?«, fragte sie ihren Mann. »Es ist auf einmal so kalt.«

Robbie drehte sich zu ihr um, ohne stehen zu bleiben. »Ich habe nichts gemerkt, aber diese alten Häuser sind immer zugig und undicht. Was meinst du, was ich auf meinen Baustellen schon alles erlebt habe?«

Hand in Hand gingen sie die Treppe hinauf, bis sie ihre Etage erreicht hatten. Seitdem hatte sich der Aufzug nicht mehr bewegt. Für einen Moment glaubte Janet, so etwas wie einen Schrei zu hören, aber das Geräusch war so kurz und so weit weg, dass sie sicher war, sich verhört zu haben.

Robbie schloss ihr Zimmer auf und sie gingen hinein. Der größte Teil des Raumes war penibel aufgeräumt. Unordnung mochten beide nicht. Nur das große, zerwühlte Doppelbett hatten sie nicht gemacht, bevor sie nach unten gegangen waren. Auf einer Anrichte unter dem Fenster standen noch zwei Tabletts vom Mittagessen, die nicht abgeholt worden waren, mit leeren Tellern und benutztem Besteck.

»Und jetzt?«, fragte Robbie, setzte sich aufs Bett und zog Janet an sich. »Wie vertreiben wir uns die Zeit, bis wir wieder nach unten gehen?«

Dabei glitt seine Hand unter ihren dünnen Pullover und spielte mit dem Verschluss ihres BHs.

»Sei nicht so ungeduldig, mein Schatz. Ich muss mich erst noch ein wenig frisch machen. Du kannst ja schon mal ein bisschen aufräumen.«

Janet grinste, löste sich aus seinem Griff und ging ins Bad, das zum Zimmer gehörte. Auch wenn es den Preis erhöht hatte, war ihr die Privatsphäre eines eigenen Bades wichtig gewesen, als sie die Zimmer gebucht hatten. Sie drehte sich noch einmal um, warf Robbie einen Kuss zu und schloss die Tür. In diesem Moment legte sich von hinten eine eiskalte, schwielige Hand auf ihren Mund und eine Stimme drang an ihr Ohr.

13

Robbie ließ sich rücklings auf das Bett fallen, als Janet im Badezimmer verschwand. Er schloss die Augen und genoss ein wenig das Alleinsein. Ein kalter Luftzug strich über seinen Körper und er setzte sich auf. Woher kam das?

Auf dem Flur hatte er nichts gespürt, als Janet ihn angesprochen hatte, aber jetzt fühlte er es. Die Kälte. Dabei war das Hotel gerade erst renoviert worden. Er hätte den Leuten Beine gemacht, wenn sie für ihn so schlampig gearbeitet hätten, und schüttelte den Kopf.

Der junge Mann stand auf und ging zum Fenster. Er zog den Vorhang beiseite, um es zu schließen, aber zu seiner Überraschung war es verriegelt. Die Handwerker hatten also schlecht gearbeitet, denn von irgendwoher musste die Kälte ja kommen. Ärgerlich bei diesen Zimmerpreisen. Plötzlich spürte er den kalten Hauch an seinem Ohr. Fließend, fast zärtlich strich die Kühle über seine Ohrmuschel, glitt tiefer und drang in seinen Gehörgang ein. Robbie drückte mit dem Finger gegen sein Ohr, um das unangenehme Gefühl zu vertreiben, als er glaubte, eine Stimme zu hören. Der junge Mann sah sich um. Er war sich sicher, das Flüstern einer alten Frau gehört zu haben. Aber das konnte nicht sein. Sie waren allein in diesem Zimmer. Doch dann hörte er sie wieder.

Sie strömte auf ihn ein, er konnte sie nicht lokalisieren. Ihr Klang, eine Mischung aus Süße und Bosheit zugleich, ließ ihn erschauern. Und sie zwang ihn, ihr zuzuhören. Sie sagte so viele Dinge. Dass Janet ihn nicht wirklich liebte, dass sie sogar für seinen Tod gebetet hatte. Einen Moment lang wehrte Robbie sich gegen den Einfluss, bis er ihm schließlich ganz erlag.

Mit abgehackten Bewegungen stand er auf und ging zu dem Tablett, auf dem das benutzte Besteck von ihnen beiden lag. Die Messer waren nicht besonders scharf, aber Robbie war sich sicher, dass er sich damit gegen einen Angriff von Janet wehren konnte. Für einen kurzen Moment löste sich sein Verstand noch einmal aus der geistigen Umklammerung, und das Messer glitt ihm aus der Hand.

Doch dann flüsterte die Stimme wieder in sein Innerstes und durchbrach die Wände seines Geistes, als wären sie aus Glas. Robbie bückte sich und hob das Messer wieder auf. Erneut versuchte sein Verstand, sich zu wehren, und signalisierte Robbie, den Raum so schnell wie möglich zu verlassen, um dem Einfluss der Stimme zu entkommen, aber als er sich umsah, waren die Fenster und die Tür zum Flur verschwunden. Sein Blick fiel nur noch auf kahle Wände, die von innen ein unangenehmes Licht abgaben, das den Raum in ein schmutziges Gelb tauchte.

Die Panik kam schlagartig zurück. Er musste sich vergewissern, dass Janet ihm nichts antat, bevor er den Raum verlassen konnte. Besser noch – er musste sie daran hindern. Mit langsamen Schritten ging er auf die einzige verbliebene Tür des Zimmers zu, hinter der seine Frau seine Ermordung plante. Er war so froh, nun die Wahrheit zu kennen!

14

Janet Poole saß im Badezimmer auf dem Boden, mit dem Rücken an die Tür gelehnt und Tränen liefen ihr über die Wangen.

Wie war es möglich, dass Robbie schon so lange ihren Tod plante? Warum hatte sie nichts gemerkt und ihn überhaupt geheiratet? Sie hätte auf ihre Verwandten hören sollen. Wenn sie genau darüber nachdachte, hatte es genügend Anzeichen dafür gegeben.

Die Stimme in ihrem Kopf hatte sie zu Tode erschreckt. Für einen kurzen Augenblick war da auch etwas, das sich wie eine Berührung anfühlte, aber natürlich war hier im Bad niemand. Doch die Worte hatten Janet erreicht.

Worte, die ein Gefühl vermittelten, als würden sie der Wahrheit entsprechen, die sie lange nicht sehen wollte. Jetzt machte alles Sinn. Er hatte sie hierhin gebracht, um sie zu beseitigen. Und dann würde er ihrer Familie sagen, dass es ein Unglück war und sie beerben. Sie wäre nie auf den Gedanken gekommen, wenn … Ja, wenn dieses intensive Gefühl sie nicht überkommen hätte. Das hätte sie nie von ihm gedacht. Alles war so logisch. Aber was sollte sie tun?

Janet wusste, dass sie Robbie nicht entkommen konnte. Er war stärker und könnte sie mit Leichtigkeit außer Gefecht setzen. Doch die Stimme in ihrem Kopf hatte auch dafür eine Lösung. Draußen befand sich noch das Besteck. Sicher, Robbie konnte es auch an sich nehmen, doch wenn sie ihn überraschte, würde es vielleicht klappen, ihm zuvorzukommen und ihn zu überwältigen. Zu blöd, dass sie ihre Kosmetiktasche mit der spitzen Nagelfeile und der Schere in ihrer Handtasche gelassen hatte, als sie zum Essen nach unten gegangen waren. Natürlich wollte Janet ihn nicht töten, war aber bereit, alles zu tun, um sich selbst zu verteidigen.

Sie stand auf. Die junge Frau ahnte, dass ihr Mann schon hinter der Tür auf sie wartete. Sie musste ihn überraschen, um eine Chance zu haben.

Ohne den Fuß von der Tür zu nehmen und sie weiter zu blockieren, griff sie sich eines der Handtücher vom Waschbecken und wickelte es sich um die rechte Hand. Wenn sie die Tür aufstieß, wollte sie vermeiden, sich an den Fingern zu verletzen, damit sie das Messer auf dem Tablett greifen konnte. Das Handtuch wäre ein gutes Polster, um die Knochen zu schützen.

Janet hielt ein Ohr an die Badezimmertür. Vielleicht konnte sie hören, was Robbie gerade tat. Kein Geräusch. Er wartete schon auf sie, um seine Chance zu nutzen.

Wenn sie sich retten wollte, musste es jetzt sein. Janet ging einige Schritte von der Tür nach hinten, um sie mit Schwung aufstoßen und hindurchrennen zu können. Wenn sie nicht stolperte, lief sie geradewegs auf die Anrichte zu, auf der das Tablett mit dem Besteck lag.

Im Kopf zählte sie von drei an rückwärts, rannte los und warf sich mit aller Kraft gegen die Tür.

15

Gerade als Robbie Poole die Klinke der Badezimmertür herunterdrücken wollte, stieß Janet sie von innen auf und er prallte zur Seite.

Überrascht wich Robbie einige Schritte zurück und stolperte über eine ihrer Taschen, die auf dem Boden lag. Mit letzter Kraft gelang es ihm, nicht zu stürzen, da er dann keine Chance gegen seine Frau gehabt hätte.

Er sah ihr nach. Ihr war gelungen, was er um jeden Preis verhindern wollte; sie hatte das andere Messer vom Tablett genommen. Robbie verfluchte sich, er hätte daran denken sollen, alles wegzuräumen, bevor er in die Konfrontation ging. Aber nun war es zu spät.

Janet war herumgewirbelt, hielt ihm das Messer entgegen und starrte ihn mit weit aufgerissenen Augen an. Ihr Mund war geöffnet und sie keuchte. Sie bewegte die Hand, in der sich die Waffe befand, mit zuckenden Bewegungen hin und her.

»Das hast du dir so gedacht«, fauchte sie Robbie mit verzerrter Stimme an. »Dass ich einfach darauf warte, bis du mich umbringst, und dann ins Meer wirfst? Und dann hättest du behauptet, dass es ein Unfall war. Zum Glück habe ich dich durchschaut.«

Speichel lief ihr aus dem Mund und tropfte auf den Boden. In diesen Sekunden sah der junge Mann seine Frau so, wie sie wirklich war. Hässlich und abgrundtief böse. Er hätte auf die Warnungen seiner Familie hören sollen.

»Du bist diejenige, die mich töten will«, schrie er sie an. »Alle, die mich vor dir gewarnt haben, hatten Recht. Du bist Abschaum. Und glaube bloß nicht, dass ich mich nicht wehre.«

Auch Robbie hob die Hand, in der er das Messer hielt. In derselben Sekunde machte er einen Schritt zur Seite, weg von der Badezimmertür, da er hier in der schlechteren Position war. Für einen kurzen Moment weigerte sich sein Verstand, zu akzeptieren, was gerade geschah. Ein leichtes Flackern der Wirklichkeit ließ für einen Wimpernschlag das reale Hotelzimmer hinter den krankhaft gelblich schimmernden Wänden sichtbar werden, bevor der Hass auf Janet ihn wieder überrollte. Er schob einen Fuß vor und sah, wie seine Frau es ihm gleichtat.

»Warum verschwindest du nicht, dann muss ich dich nicht töten«, rief Robbie ihr zu und trat noch einen Schritt auf sie zu. Sie grinste ihn nur mit verzerrtem Gesicht an, richtete das Messer auf ihn und kam näher.

»Diese Frage könnte ich dir auch stellen, mein *Schatz*», schrie Janet ihn an. Ihre Augen rollten und ihre Zunge zuckte immer wieder zwischen den Zähnen hervor. Bei der letzten Silbe schleuderte sie Robbie Speichel entgegen.

Erneut machten die Eheleute einen ungelenken Schritt aufeinander zu. Sie standen sich fast spiegelverkehrt gegenüber, beide mit erhobenem Messer, um den Angriff des anderen abzuwehren. Robbie hatte Angst, ihr noch näher zu kommen, denn er war sicher, dass sie ihn dann angreifen würde. Einige Minuten vergingen. Irgendwo hörte Robbie aufgeregte Stimmen und klopfende Geräusche, aber er kümmerte sich nicht darum. Jede Ablenkung wäre sein Tod.

In diesem Moment geschah es! Das gelbliche Licht, das die Wände ausstrahlten, verwandelte sich in ein krankhaftes Grün. Janet hob das Messer und sprang auf ihn zu.

Im selben Augenblick hielt Robbie seine Waffe wie eine Lanze vor sich und stieß es tief in Janets Hals. Ihr Blut lief sofort über seine Hand, und während er noch damit beschäftigt war, das zu realisieren, drang ihre Klinge in seine Kehle ein. Wie Janet verließen ihn die Kräfte und er stürzte mit seiner Frau zu Boden.

Fontänen gleich schoss das Blut aus ihren Körpern. In diesem Moment erkannte Robbie das Hotelzimmer wieder, in das sie vor wenigen Tagen eingezogen waren und das sie nun nicht mehr lebend verlassen würden.

In Panik suchte er den Blick seiner Frau und sah in ihrem Gesicht die Widerspiegelung dessen, was in ihm vorging. Mit letzter Kraft tastete er nach ihrer Hand, fand sie und verschränkte seine Finger mit ihren. Wenigstens im Tod wollte er mit ihr vereint sein.

16

Es war noch nie eine gute Idee, im Feierabendverkehr mit dem Auto durch London zu fahren. Alle schienen sich heute gegen mich verschworen zu haben. Ampeln. Verkehrsteilnehmer. Behörden. Fußgänger. Radfahrer. Die Liste war endlos …

Seit einigen Tagen hatte ich meinen Wagen von der Organisation um Ian West übernommen. Wie allen anderen Jägern hatte man mir auch einen Vauxhall Carlton zur Verfügung gestellt, an den ich mich noch gewöhnen musste. Seit Beginn meiner Ausbildung war ich mit meinem Partner Patrick Walsh in dessen Auto unterwegs gewesen und hatte mir das Fahren etwas abgewöhnt. Walsh war gerade ohne mich im Einsatz, er war zu einem möglichen Fall von Besessenheit in Knebworth gerufen worden und würde einige Tage weg sein. Ich brannte auf meinen nächsten Einsatz, hatte aber keine Anfragen von Diego Garcia oder Ian West erhalten.

Zwei Wochen waren vergangen, seit wir den Fall der unheimlichen Bilder abgeschlossen hatten[1]. Peter Shaw, ein Galerist, war von Howard Picton, einem Maler, kontaktiert worden, um dessen Bilder zu verkaufen. Ohne Ausnahme zeigten alle Gemälde Monster, die bei den Käufern zum Le-

---

[1] Siehe Band 3: Das Grauen aus dem Bild

ben erwachten, aus den Bildern stiegen und sie töteten. Shaw hatte daraufhin unter dem Druck von Picton die Bilder zurückgeholt. Am Ende versuchte Picton, Shaw mit der Zeichnung eines Ghouls zu töten, was wir verhindern konnten. Leider gelang es uns nicht, mehr über Picton herauszufinden. Wir fanden zwar sein Atelier in einem verlassenen Bauernhaus und konnten vier der Kreaturen vernichten, einen Wasserdämon, einen Vampir, eine Mumie und einen weiteren Ghoul, aber Picton entkam mit dem Bild einer Chimäre, einer besonders gefährlichen und blutrünstigen Bestie.

Bevor wir von Peter Shaw eine Beschreibung von Picton erhalten konnten, besuchte dieser den Galeristen im Krankenhaus und ließ ihn von einer Fledermaus töten, die er gezeichnet hatte. Wir hatten keinen weiteren Anhaltspunkt. Diego, der für uns im Hintergrund recherchierte und uns ständig mit Informationen versorgte, hatte auch nicht mehr herausfinden können. Wir waren uns sicher, dass Howard Picton nicht der richtige Name des Malers war. Der ganze Fall frustrierte uns, gerade weil die Gefahr nicht gebannt war, dass Picton weitere Monster auf die Menschen losließ, denn nach dem, was Shaw uns erzählt hatte, hatte er einen Pakt mit einem Dämon geschlossen und musste diesem mit Hilfe der Monster Seelen liefern.

Da ich derzeit an keinem Einsatz teilnahm, hatte ich mir etwas Ruhe verordnet und nahm Abschriften einiger Bücher mit nach Hause. Die Originale befanden sich an gut gesicherten Orten der Organisation, wo sie vor menschlichen und dämonischen Dieben geschützt waren. Trotz meiner Ausbildung in Geschichte, Archäologie und Parapsychologie hatte ich noch nie von den Werken von Ludwig Prinn, Friedrich von Junzt oder Comte d'Erlette gehört, was ich beim Studium der Bücher einerseits verstand, andererseits aber auch bedauerte. Natürlich waren sie nicht in allen Aspekten glaubwürdig und enthielten vieles, was auf Hörensagen oder alten Mythen beruhte, aber sie beinhalteten auch einige Informationen, von denen ich wusste, dass sie den Jägern während ihrer Ausbildung beigebracht wurden.

Es war am späten Donnerstagnachmittag und ich las gerade in den *Unaussprechlichen Kulten*, als mich Garcia anrief und mich bat, in die Zentrale zu kommen. Er sagte mir, dass er aufgrund von Presseberichten und historischen Dokumenten der Organisation auf einen Fall gestoßen sei, den er mit mir besprechen wolle.

Also legte ich das Holster an, in dem ich den Colt und die *Baghnakh*, die Tigerkralle, die West für mich aus Teilen der Klaue des Dämons Gagdrar hatte anfertigen lassen[1,2], eng am Körper tragen konnte, zog meine Jacke über und machte mich auf den Weg.

Für meinen Wagen hatte ich mich für ein dunkles Blau entschieden, im Gegensatz zu den meisten anderen Fahrzeugen der Organisation, die schwarz lackiert waren. Zum Glück war der Weg von meinem angemieteten Haus in der Elmstone Road zur Zentrale, die sich in einem Industriegebiet in Wandsworth befand, nicht allzu weit, aber trotzdem brauchte ich wegen des Verkehrs fast eine halbe Stunde für die drei Meilen. Aufgrund einer Veranstaltung waren die Straßen in weiten Teilen der Innenstadt verstopft.

Der Sitz der Organisation war eine von außen unscheinbare Lagerhalle. Das gesamte Gelände war von einer Mauer umgeben und konnte durch ein Tor mit Pförtnerhäuschen

---

[1] Siehe Band 1: Die Hand des Werwolfs
[2] Siehe Band 2: Die Rückkehr des Gehenkten]

betreten werden. Zur Tarnung hatte West ein Firmenschild mit dem Namen *Hooper & Carpenter Inc.* an der Außenseite des Gebäudes anbringen lassen. Außerdem hatte man einige ausrangierte Lastwagen besorgt, mit einem Logo versehen und auf dem Gelände abgestellt. Von außen machte unser Hauptquartier den gleichen Eindruck wie die anderen Lager- und Firmengebäude in der Umgebung.

Im Inneren des mehrfach gesicherten Baus befanden sich Büros sowie Schlaf- und Trainingsräume. Ähnlich wie bei der Polizei, mit der Wests Organisation in engem Kontakt stand, wurde auch hier rund um die Uhr gearbeitet. West selbst, so hatte ich inzwischen erfahren, wohnte sogar in diesem Komplex.

Im hinteren Teil der Halle gab es zudem einen mehrfach gesicherten Zugang zu einem Keller, den ich noch nie persönlich betreten hatte. Was sich dort unten befand, wussten nur wenige in der Organisation; Pat, mein Partner, und ich gehörten nicht dazu. Ob Diego mehr wusste, war aus ihm nicht herauszubekommen.

Auffällig war, dass die Sicherheitsvorkehrungen sowohl normale Schlösser als auch Dämonenbanner und Symbole enthielten, wie sie auch auf dem Kurzschwert meines Vaters zu finden waren[1].

Der Pförtner am Tor wusste, wer ich war, aber man konnte das Gelände dennoch nur betreten, wenn man von ihm kontrolliert worden war. Ich kurbelte das Fenster herunter, grüßte freundlich und ließ den Mann seine Arbeit machen, zu der auch eine kurze Kontrolle meines Autos und meiner Person gehörte. Dann ließ er mich einfahren.

---

[1] Siehe Band 0: Im Keller des Ghouls

Vorne gab es zum Schein ein größeres Tor, aber der Eingang für uns befand sich an der Seite des Gebäudes, abgeschirmt von der Außenmauer. So konnte niemand sehen, wo wir hinein gingen.

Als ich das Gebäude betrat, sah ich Diego in der Küche stehen und sich einen Kaffee kochen. Ich begrüßte ihn mit Handschlag. Er nickte mir zu, ohne ein Lächeln auf den Lippen. Wie immer. Der schlanke Mann, gekleidet in Anzughose und Pullover, schob die Nickelbrille höher und musterte mich.

»Danke, dass du gekommen bist, Isaac. Wir haben ein mögliches Problem. Ich will, dass du dich darum kümmerst.«

Er goss mir eine Tasse Kaffee ein und wir gingen zu seinem Schreibtisch, während er weitersprach. Nach Kaffee war mir gar nicht zumute. Doch ich beließ es bei einem Schweigen. Er meinte es nur gut.

»Ich weiß, dass Pat noch nicht zurück ist, aber ich werde ihn zu dir schicken, sobald ich ihn erreiche. Weißt du, wo Seagrove ist?«

Ich schüttelte den Kopf und setzte mich auf den Besucherstuhl in Diegos Büro. »Noch nie gehört. Ist es so dringend? Du weißt, dass ich noch nie einen Fall allein hatte.«

»Schon klar, und es tut mir leid«, antwortete der Mann mit der Glatze und dem Dreitagebart. »Du sollst auch nichts unternehmen, nur beobachten, bis Walsh bei dir ist. Es gibt schon einen toten Jäger.«

Wir schwiegen einen Moment. Jedes Mal, wenn ein Teammitglied unseren Gegnern zum Opfer fiel, schärfte dies unser Bewusstsein für unsere Aufgabe. Schutz, Wachsamkeit und Gefahr waren unsere ständigen Begleiter. Und Nachwuchs war rar.

»Was ist passiert?«, fragte ich, und Diego erzählte, was er aus den Berichten von Oscar Murphy erfahren hatte.

17

Die Rolle von Diego Garcia in Ian Wests Organisation ging weit über die Bereitstellung von Hintergrundinformationen für die Teams vor Ort hinaus. Ein wichtiger Teil seiner Arbeit bestand darin, potenzielle Fälle zu recherchieren, in denen Jäger wie Pat oder nun auch ich eingreifen sollten.

Dazu gehörte auch das Führen umfangreicher Listen mit historischen Ereignissen und möglichen Verbindungen zur Gegenwart. Dabei waren Garcia mehrere Berichte über ungewöhnliche Todesfälle in einem Hotel in Seagrove, einem Touristenort, aufgefallen. An einem Tag hatte sich ein frisch verheiratetes Paar gegenseitig umgebracht und ein Mann stürzte sich aus dem fünften Stock des Hotels in die Tiefe. Hinzu kamen Berichte von Gästen über ungewöhnliche Geräusche, Temperaturschwankungen und seltsame Erscheinungen im Hotel.

Garcia hatte daraufhin in den Archiven gestöbert und einen ähnlichen Fall aus dem Jahr 1901 recherchiert. Auch damals war es zu Todesfällen gekommen, und ein Jäger, August Strack, hatte sich der Sache angenommen. Das war lange, bevor mein Vater als Jäger unterwegs gewesen war und bevor Ian West unsere Organisation aufgebaut hatte. Da Strack aber erst im hohen Alter von über achtzig Jahren starb, war es möglich, auf seine Erfahrung und seine Aufzeichnungen zurückzugreifen und sie dem Archiv hinzuzufügen.

So erfuhr Garcia von seiner Aktion gegen die drei Hexen und wie es Strack gelungen war, sie in das Gemäuer einzusperren und mit Dämonenbannern zu sichern. Es stellte sich heraus, dass auch der letzte Besitzer des Hotels, Sterling Hess, Selbstmord begangen hatte und sein Sohn sein Nachfolger geworden war. Garcia vermutete, dass die von Hess durchgeführten Renovierungsarbeiten zu einer Schwächung der Dämonenbanner geführt hatten und dass dadurch mindestens eine der Hexen ihr Gefängnis für eine Zeit verlassen konnte. Obwohl die Polizei die Todesfälle untersuchte und einige Gäste abgereist waren, konnte ein Fremdverschulden ausgeschlossen werden.

Garcia hatte daraufhin Oscar Murphy, einen in der Gegend lebenden Jäger, zur Beobachtung in das Hotel geschickt. In einem ersten Bericht deutete Murphy die Sichtung einer Hexe an, meldete sich dann aber nicht mehr. Einige Tage später wurde Garcia aus einem Krankenhaus in der Nähe von Seagrove kontaktiert. Murphy war nach einem offensichtlichen Kampf eingeliefert worden und kurz darauf gestorben. Unterlagen wurden nach London zu Diego Garcia geschickt.

Murphy berichtete darin, dass er eine der Hexen gesehen und sogar mit ihr gesprochen habe. Ihr Einfluss auf ihn war groß, und es wäre ihr beinahe gelungen, ihn zum Selbstmord zu zwingen, was er im letzten Moment verhindern konnte, indem er sich mit einem geweihten Dolch selbst verletzte und so den Bann brach. Allerdings war es der Hexe offenbar gelungen, zwei Hotelangestellte in ihre Gewalt zu bringen, die Murphy vor dem Haus auflauerten und ihn schwer verletzten. Dem Jäger blieb nichts anderes übrig, als die beiden zu erschießen, woraufhin die Polizei das Hotel vorerst schloss.

Die letzten Hinweise in den Unterlagen, die Garcia zugesandt wurden, waren von Murphy vor dem Überfall eingetragen worden, Garcia schloss daher aus Zeitungsberichten, dass die Angestellten unter einem Bann gestanden hatten.

18

Wir schwiegen einige Minuten nach Garcias Erzählung.

»Ich möchte, dass du morgen nach Seagrove fährst«, sagte er. »Ich reserviere dir ein Zimmer in einem anderen Hotel in der Nähe und spätestens am Sonntag triffst du dich mit Patrick.«

»Weiß er schon Bescheid?«, fragte ich.

»Noch nicht, aber ich werde ihn heute Abend anrufen. Nach dem, was er mir bisher erzählt hat, scheint die Besessenheit, um die er sich kümmern sollte, wohl eher ein gesundheitliches Problem zu sein. Ich werde ihn abziehen und zu dir schicken.«

Ich nickte. Angesichts der Opfer, die es in Seagrove schon gegeben hatte, wollte ich auf keinen Fall allein handeln.

»Glaubst du, deine Waffen reichen aus?«, unterbrach Garcia meine Überlegungen.

Ich sah ihn an. »Ich denke schon. Bisher haben der Colt, das Schwert und vor allem die Kralle immer geholfen. Warum fragst du?«

Der Mann mit der Nickelbrille lächelte, etwas, das ich selten sah. »West hat mich angesprochen. Erinnerst du dich, wie er dir von den Waffen deines Vaters erzählt hat und wie er neben dem Schwert, das du schon hast, auch ein Beil erwähnt hat?«

Ich hatte mich schon gewundert, was aus der Waffe geworden war. »Natürlich, warum?«

»Ich soll es dir geben, damit du es in Zukunft bei deinen Einsätzen mitnehmen kannst.«

Mit diesen Worten griff er in eine Kiste, die neben seinem Schreibtisch stand, und legte ein kurzes, handliches Beil mit einer silbernen Schneide, die auf beiden Seiten mit Symbolen verziert war, auf den Schreibtisch.

Ich griff nach dem Beil, das wie mein Schwert erstaunlich leicht war. Es lag gut in der Hand. Ich erkannte einige der eingravierten Symbole wieder, denn sie waren auch auf dem Kurzschwert meines Vaters zu finden, das ich bei meinen Einsätzen in einer Scheide am Gürtel trug.

»Warum jetzt? Und was hat das Beil mit dem Schwert zu tun? Ich weiß, dass sie beide von meinem Vater sind, aber …«

Ich überlegte. Gab es einen Zusammenhang?

Garcia zuckte mit den Schultern. »West hat nichts gesagt, außer dass du das Beil von nun an haben sollst.«

Mit diesen Worten reichte er mir einen mit rotem Samt ausgeschlagenen Koffer, der Platz für Beil und das Schwert bot. Ich legte das Beil hinein und stellte eine neue Zahlenkombination für das Schloss des Koffers ein. Außerdem hatte West auf der Oberfläche Dämonenbanner anbringen lassen, die verhindern sollten, dass der Koffer in falsche Hände geriet. Sicherlich war das Material auch auf andere Weise geweiht worden. Solange es sich nicht um einen menschlichen Dieb handelte, war es wohl unmöglich, den Koffer zu stehlen.

»Seagrove ist etwa 50 Meilen entfernt, wenn du morgen früh aufbrichst, solltest du in weniger als zwei Stunden dort sein. Beziehe dein Zimmer, schau dir den Ort an und entspanne dich ein wenig. Sobald Pat bei dir ist, schaut ihr euch das Cliff House an, so heißt das Hotel. Ein alter Kasten aus dem vorigen Jahrhundert, prunkvoll, aber irgendwie auch düster und bedrückend.«

Mit diesen Worten schob er mir ein Schwarz-Weiß-Foto zu, auf dem ein imposantes Gebäude zu sehen war, das zum Teil über schwarze Klippen ins Meer ragte. Das Gebäude hatte fünf Stockwerke, von denen das oberste direkt unter dem Dach lag. Das Dach selbst war mit einigen Türmen verziert, als ob das Haus den Eindruck eines Schlosses erwecken sollte.

»Ein faszinierendes Haus«, bemerkte ich. »Ich kann verstehen, dass es die Leute anzieht. Irgendetwas hat es.«

Garcia nahm das Foto wieder an sich und sah mich an. »Ich meine es ernst, wenn ich sage, warte, bis Walsh bei dir ist. Auch wenn August Strack 1901 allein dort war, haben wir keine Ahnung, womit wir es zu tun haben. Dafür haben wir schon viel zu viele Tote.«

Ich hatte Garcia bisher nur in sehr wenigen Situationen so ernst erlebt. »Keine Sorge, solange Pat noch nicht da ist, lasse ich es mir gut gehen und nehme ein paar Drinks auf Spesenkosten.«

Wir grinsten beide.

19

Mara spürte, wie ihre Kräfte wieder schwanden.

Einen Moment lang hatte sie Energie im Überfluss gehabt, als sie dafür gesorgt hatte, dass der dicke Mann im Aufzug und das Pärchen sich gegenseitig umbrachten. Sie war kurz davor gewesen, ihre Schwestern zu befreien. Die nächsten

Opfer hatte sie schon im Visier, doch dabei übersah sie, dass es ein Jäger war, den sie sich ausgesucht hatte.

Sie bemächtigte sich zweier Angestellter, doch auch deren Energie ging nicht auf sie über, denn der Jäger tötete die beiden, als er sich gegen sie zur Wehr setzte. Das Hotel wurde daraufhin geschlossen.

Endlich hatte sie einen Weg gefunden, ihrem Gefängnis zumindest teilweise zu entkommen und daran zu arbeiten, sich und ihren Schwestern die Kraft zurückzugeben, die sie einst hatten, doch nun war es wieder vorbei. Ohne den Jäger hätte es funktioniert.

Voller Angst, wieder zum Nichtstun in ihrem Gefängnis verdammt zu sein, schickte sie ihren Geist in die dunklen Sphären hinter der Wirklichkeit und rief verzweifelt um Hilfe. Lange Zeit geschah nichts. Ihre Rufe blieben ungehört. Noch einmal bündelte sie alle Kräfte, über die sie noch verfügte, um einen letzten verzweifelten Versuch zu starten.

Sie konnte spüren, wie ihre Hilferufe in der Dunkelheit verhallten, und gab auf. Nur mit Mühe holte sie ihr Bewusstsein zurück, um den Kontakt nicht zu verlieren, als ein Laut sie erreichte. War sie erhört worden? Ein letztes Mal verstärkte sie ihre Anstrengungen. Sie wusste, dass es kein Zurück gab, wenn sie scheiterte, und schrie ihren Schmerz mit aller Kraft heraus.

»Warum störst du mich?«, donnerte eine kalte, tiefe Stimme von allen Seiten der Finsternis auf ihren Geist ein. Maras Körper krümmte sich in ihrem Gefängnis. Sie wusste, wer zu ihr sprach, und seine Geduld war sehr begrenzt.

»Ich brauche deine Hilfe, Statthalter«, wimmerte sie und hoffte auf seine Gnade. »Meine Kräfte schwinden, und jetzt, wo es mir nach vielen Jahrzehnten fast gelungen ist, mein

Gefängnis zu verlassen und meine Schwestern zu retten, kann ich keine Opfer mehr finden. Wenn mich niemand befreit, werde ich für immer eine Gefangene sein.«

Sie erhielt keine Antwort! Aufgeregt wartete sie, ob ihr Hilferuf Gehör finden würde. Ob Minuten oder Stunden vergangen waren, wusste sie nicht, Zeit war eine unbedeutende Größe im Nichts.

»Menschen sind auf dem Weg zu dir«, fuhr der Statthalter fort. »Aber auch sie sind Jäger. Doch sie reisen getrennt und einer von ihnen ist noch unerfahren. Wenn ich dir Energie zurückgebe, wirst du meinen Befehlen gehorchen.«

Der Körper der Hexe nickte in seinem Verlies. »Natürlich, ich werde alles machen, was du verlangst. Was soll ich tun?«

»Du wirst es wissen, wenn der erste Jäger in deiner Nähe ist. Ich werde dafür sorgen, dass er zu dir kommt. Kümmere dich um ihn. Verwirre seinen Verstand, quäle ihn, verführe ihn. Mach mit ihm, was du willst. Aber am Ende, wenn er gebrochen ist und um seinen Tod winselt, gehört er mir. Ich werde es sein, der ihm das Leben nimmt, und ich will ihm dabei in die Augen sehen!«

20

Nachdem ich eine Reisetasche für ein paar Tage gepackt hatte, rief ich Patrick Walsh an. Er hatte bereits mit Garcia gesprochen und versprach mir, spätestens am Sonntag nachkommen zu können. Ich beschloss, erst am Samstag anzureisen und bis dahin zu Hause meine Bücher zu studieren, und kam dann am Nachmittag in Seagrove an.

Mein Ziel war eine kleine Pension. Von meinem Zimmer aus, das zum Meer hin lag, konnte ich das Cliff House sehen, das sich auf einer Anhöhe befand. Jetzt, wo ich das Gebäude nicht mehr nur auf einem Foto sah, löste es in mir ein Gefühl der Beklemmung aus und wirkte irgendwie bedrohlich. Im Angesicht des Hotels konnte ich nicht mehr verstehen, warum das Haus bis zu den Todesfällen so gut besucht war. Allerdings hatten die Erzählungen von Garcia und das Wissen um die vielen Vorfälle, die sich in dem Haus ereignet hatten, in mir Vorurteile geweckt.

Seagrove war ein ziemlich großer Ort für ein Seebad. Nachdem ich mein Zimmer bezogen und mich frisch gemacht hatte, beschloss ich, einen Spaziergang zu machen. Den Colt und die Baghnakh trug ich unter der Jacke, aber das Schwert und das Beil, meine neue Waffe, ließ ich im Auto. Ich wollte Aufmerksamkeit vermeiden, und da sich das Zentrum des dämonischen Treibens im Hotel befand, konnte ich hier auf sie verzichten.

Wenige Schritte später befand ich mich in einer belebten Straße voller Geschäfte und kleiner Restaurants. An einer Kreuzung, von der aus eine Straße den Berg hinauf zum Cliff House führte, wiesen einige Werbeschilder den Weg zum Hotel. Auf einem hatte ein geschmackloser Witzbold in blutroten Lettern die Worte ›Another Visitor. Stay a while – stay forever!‹ hinterlassen.

Natürlich waren die Todesfälle der letzten Zeit durch die Presse gegangen. Garcia hatte mir einige Unterlagen und Zeitungsausschnitte mitgegeben, die ich inzwischen durchgearbeitet hatte. Er hatte auch organisiert, dass ein Schlüssel für das Hotel in meiner Pension hinterlegt wurde, damit Pat und ich hineinkommen konnten. Colin Hess, der Besitzer, war anscheinend nach London zurückgekehrt, und der Hausmeister, der sich um das Cliff House kümmerte, weigerte sich, mit uns zusammenzuarbeiten.

Ich weiß nicht mehr, wie lange ich auf die Straße starrte, die den Berg hinaufführte, bis mich ein Hupen aufschreckte. Anscheinend war ich unbewusst losgelaufen, denn ich stand mitten auf der Kreuzung. Ich war wohl doch erschöpfter, als ich dachte.

Auf meinem Rückweg zur Pension kämpfte ich gegen den Drang an, mich umzudrehen und zurückzugehen. Etwas lag in der Luft, etwas, das über die Grenzen des Hotels hinausging. Meine Finger wanderten unter die Jacke und berührten die Tigerkralle. Sollte sie sich erwärmen, bedeutete das die Anwesenheit dämonischer Kräfte. Es ergab sich für mich kein klares Bild, es war auch möglich, dass das Silber aufgrund meiner Körpertemperatur wärmer war.

Inzwischen war es fast sechs Uhr. Nur wenige Meter von meiner Pension entfernt entdeckte ich ein kleines Restaurant, über dessen Tür auf einem Holzschild der Name *Four Winds Bar* prangte. Ganz klassisch ließ ich mir Fish & Chips schmecken, verzichtete aber wie üblich auf Alkohol und gönnte mir ein paar Gläser Cola. Von einer Telefonzelle die Straße hinab versuchte ich, Pat zu erreichen, aber weder unter der angegebenen Hotelnummer noch auf seinem Autotelefon meldete er sich. Gegen einundzwanzig Uhr ging ich in mein Zimmer und legte mich auf das dort stehende Sofa, um vor dem Schlafengehen noch ein wenig in den Unterlagen zu stöbern. Dabei schlief ich ein.

Wenn ich gewusst hätte, wie ich aufwachen würde, hätte ich mich besser vorbereitet.

21

Der Statthalter hielt Wort und informierte sie über die Anwesenheit eines Jägers. Mara spürte, wie intensive Hitze ähnlich der Lava eines Vulkans ihren Geist überflutete.

Obwohl nur eine geistige Verbindung zu dem dämonischen Herrscher bestand, spürte die Hexe seinen Hass auf diesen Menschen. Für einen Augenblick zweifelte sie, ob sie diesem Mann gewachsen sein würde, wenn nicht einmal der Statthalter selbst gegen ihn kämpfte, doch ein brennender Schmerz zerschmetterte ihre Zweifel. Und doch bemerkte sie, dass der Dämon nicht Furcht, aber Respekt vor Isaac Kane verspürte. Er wollte ihn vernichten, aber nicht selbst gegen ihn antreten. Etwas, das Mara nicht verstand.

Im nächsten Moment flossen Ströme von Kraft in sie hinein. Seit Jahren hatte sie sich nicht mehr so erhaben und überlegen gefühlt. Bald würde sie ihr Gefängnis vollständig verlassen können und ihre Schwestern mitnehmen. Und dann würden sie wieder Unheil und Verderben unter den Menschen säen, um sich an der Energie zu laben, die sie im Tode abgaben.

»Du weißt, was du zu tun hast«, sagte der Statthalter, während er sich aus dem Geist der Hexe zurückzog. »Lass es mich nicht bereuen, dich unterstützt zu haben.«

Mara wartete einige Minuten, bis sie sicher war, wieder Herrin über sich zu sein, bevor sie einen Teil ihrer Kräfte aus dem Hotel hinausschickte, um den Mann anzulocken, der gekommen war, um sie zu töten.

22

Ich stand auf einem schmalen, schlammigen Pfad. Links und rechts von mir erhoben sich kleine Felsformationen, von denen einige zu Stein gewordenen Toten ähnelten.

Der Weg führte in einen grünlichen Nebel hinein, der die Realität zu verschlucken schien, nur zwei schiefe Türme erkannte man am Horizont, die rechts und links des Weges wie zwei gigantische Wächter wirkten.

Ein Donnern ließ mich zusammenzucken, und ich blickte nach oben. Der von schwarzen Wolken bedeckte Himmel wurde von grellweißen Blitzen zerrissen. Dunkelrote Streifen wie Blutströme zogen über die Szenerie.

Von hinten traf mich ein eisiger Wind, und als ich mich umdrehte, sah ich hinter mir das gleiche Bild. Die Türme, der Weg und die versteinerten Körper zu beiden Seiten neben mir.

Mit kleinen Schritten ging ich weiter. Dabei blickte ich an mir herunter und stellte fest, dass ich die Sachen trug, mit denen ich auf der Couch in meinem Zimmer gelegen hatte. Ich hatte immer noch die Jeans und den blauen Rollkragenpullover an, über dem ich das Holster mit dem Colt und der Tigerkralle trug. Nur meine Jacke, die ich beim Betreten des Zimmers an die Garderobe gehängt hatte, fehlte.

Wieder donnerte es über mir und ich duckte mich. War das ein Traum? Aber warum kam mir alles so real vor? Der nächste Blitz spaltete den Himmel, wieder untermalt von den dunkelroten Farben. Es war, als würde zu Eis gefrorenes Blut in Splittern zu Boden stürzen.

Ich griff nach der Baghnakh und zuckte zusammen, als mich der Schmerz wie ein Blitz traf. Die Waffe reagierte auf mich! Was hatte das zu bedeuten? Ich blickte auf meine Finger und sah kleine rote Punkte, die wie Verbrennungen auf der Haut aussahen. War es Gagdrar irgendwie gelungen, die Krallen seiner abgeschlagenen Hand zu beeinflussen, die West in die für mich angefertigte Waffe hatte einbauen lassen?[1][2]

Als ich weiterging, spürte ich, wie Verzweiflung in mir aufstieg. Ich hatte keine Ahnung, wo ich war oder wie ich hierher gekommen war. Mir blieb nichts anderes übrig, als weiter auf die geheimnisvollen Türme am Horizont zuzugehen, in der Hoffnung, dort eine Antwort auf meine Fragen zu erhalten.

23

Mara hatte ihr Gefängnis verlassen. Sie stand in der Hotelhalle, die Hände an den Kopf gepresst, die Augen geschlossen. Ihren Geist hatte sie von ihrem Körper getrennt, ausgesandt mit der Mission, Isaac Kane anzulocken.

Gleißende Strahlen durchzuckten ihren Körper, als sie die Energie des Statthalters benutzte. Es war ihr gelungen, für kurze Zeit den Willen des Jägers zu übernehmen und ihm eine Welt jenseits der Realität und seiner Vorstellungskraft vorzugaukeln. Sie lenkte jeden seiner Schritte, lockte ihn den Berg hinauf, während er sich in apokalyptischer Finsternis wähnte.

Für einen Moment spürte sie einen Schmerz in ihrer Hand, als er seine Waffe berührte, ein Zeichen dafür, wie stark die Verbindung zu ihm war. Mara hatte gehofft, ihn unbewaffnet zu sich locken zu können, aber sie würde einen Weg finden, ihn so zu schwächen, dass er keine Chance hatte, die

---

[1] Siehe Band 1: Die Hand des Werwolfs

[2] Siehe Band 2: Die Rückkehr des Gehenkten

Tigerkralle zu benutzen, die eigentlich ihrem Meister gebührte.

Nicht mehr lange und Kane hätte sein Ziel erreicht. Eine Handbewegung von ihr und die beiden Flügel der Hoteltür öffneten sich. Kühle Nachtluft strömte in die Halle und trocknete den Schweiß der Anstrengung, der sich auf ihrer Stirn gebildet hatte.

Mit kleinen Schritten zog sie sich zurück, darauf bedacht, den Kontakt zu Isaac Kane nicht zu verlieren. Die Falle, die sie ihm gestellt hatte, war perfekt.

24

Ich fühlte mich, als würde ich schon seit Stunden den Weg entlanggehen, an dessen Ende die beiden Türme aufragten. Meine Beinmuskeln schmerzten und meine Zunge fühlte sich so trocken und geschwollen an, als hätte man mir einen in Sandpapier eingewickelten Stein in den Mund gelegt.

Tief in meinem Inneren wusste ich, dass dies nicht real sein konnte, aber irgendwie war es einem oder mehreren meiner Gegner gelungen, mich an diesen Ort zu bringen. Inzwischen war ich mir sicher, nicht mehr in meinem Hotelzimmer zu sein. Der kühle Wind und die salzige Feuchtigkeit, die er mit sich brachte, passten nicht zu einer Halluzination. Aber was hatte das alles zu bedeuten? Inzwischen hatte ich noch einmal versucht, die Tigerkralle zu berühren, mit dem gleichen Ergebnis. Die Brandblasen auf meiner Hand sprachen eine deutliche Sprache.

Jedes Mal, wenn ich stehen bleiben oder mich umdrehen wollte, schienen eiskalte Hände nach mir zu greifen und mich weiter den Pfad entlang zu ziehen. Ich ergab mich meinem Schicksal. Meine ganze Hoffnung ruhte auf Patrick

Walsh. Wir hatten verabredet, uns am Sonntag in der Pension zu treffen und dann gemeinsam das Cliff House in Augenschein zu nehmen. Sicher würde er mich suchen, wenn er mich nicht antraf.

Ich zuckte zusammen, als ein Quietschen ertönte, das so gar nicht in die Umgebung passte. Irgendwo hörte ich ein Klappern, als würde Holz gegeneinander geschlagen. Wieder trieb mich der Wind den Weg entlang, doch nun hatte ich das Gefühl, einen Berg hinaufzusteigen. Eigentlich war das unmöglich, der Weg vor mir verlief auf einer ebenen Fläche.

Erneut zerriss ein Blitz den Himmel. Doch diesmal sah ich ein Flimmern vor meinen Augen. Dort, wo eben noch der giftgrüne Nebel waberte, zeichneten sich die Umrisse einer weit geöffneten Tür ab. Und hing nicht ein Schild darüber? Ich kniff die Augen zusammen, um meinen Blick zu fokussieren, und tatsächlich – wie aus dem Nichts tauchte die Fassade eines Hauses auf, während die unwirkliche Umgebung, die mich die ganze Zeit gefangen gehalten hatte, verschwand.

Unvermittelt stolperte ich und fiel. Im letzten Moment gelang es mir, nicht mit dem Kopf auf dem Holzboden aufzuschlagen. Mit Mühe rappelte ich mich auf, was meine Muskeln mit einem leisen Schmerzensschrei quittierten.

Plötzlich hörte ich wieder die gewohnten Geräusche, Verkehrslärm von der Hauptstraße unten im Tal drang an mein Ohr. Ich verstand nicht, wo ich eben noch gewesen war, aber als ich den Kopf hob, wusste ich, wo ich mich jetzt befand: Ich stand in der Hotelhalle des Cliff House und hatte keine Ahnung, wie ich hierher gekommen war.

Mit einem lauten Knall fiel die Tür hinter mir ins Schloss und ich stand in absoluter Finsternis!

25

Schweißperlen rannen mir den Rücken hinunter. Größere Tropfen bildeten sich auch auf meiner Stirn, die ich mit vor Erschöpfung zitternden Fingern wegwischte.

Noch wusste ich nicht, was mich hierher gelockt hatte, und aus welchem Grund. Mein Tod war nicht das Ziel, sonst wäre es schon längst geschehen. Ich schloss die Augen, holte tief Luft und merkte, wie mir die Angst langsam den Rücken hochkroch. Aber Angst wovor? Noch hatte ich keine Ahnung, womit ich es zu tun hatte.

Ich tastete nach der Tigerkralle. Der erwartete Schmerz blieb aus und ich zog die stark erwärmte Waffe über meine Linke. Den Colt ließ ich im Holster. Eine freie Hand konnte von Nutzen sein. Außerdem war mir bewusst, dass ich mit den sieben Patronen, die sich in der Waffe befanden, sparsam umgehen musste. Das Ersatzmagazin befand sich in der Jacke auf meinem Zimmer.

Als ich die Augen wieder öffnete, stellte ich fest, dass es nicht mehr vollkommen finster war. Die Wände strahlten ein seltsames gelbliches Licht aus, an das ich mich nach und nach gewöhnte und dadurch mehr sehen konnte. Ich war mir sicher, erneut nicht die Wirklichkeit zu sehen, sondern ein Trugbild, das man für mich darüber gelegt hatte. Die Rezeption, wo die Gäste noch vor wenigen Tagen ihre Schlüssel abgeholt oder Informationen vom Concierge erhalten hatten, lag unter Spinnweben und einem eitrig aussehenden Schleim.

Ich blickte mich um, ob es eine Möglichkeit gab, das Hotel zu verlassen, doch statt der beiden Türen hinter mir sah ich nur eine geschlossene Wand, die von Rissen durchzogen war. Schwarze Käfer krochen aus ihnen. All das war vorbereitet worden für mich. Ich war in eine Falle getappt.

Hinter der Rezeption war eine große Tür mit einem Schild, auf dem in zerkratzten Buchstaben Speisesaal stand. Die Tür war mit einer rostigen Kette verschlossen. Ich schaute mich um, wohin ich gehen sollte. Die Treppe, die nach oben führte, war ebenfalls verbarrikadiert, hier lagen große Felsbrocken, von denen Wasser auf die Stufen tropfte und die mit grünen Algen bedeckt waren. Links neben dem Eingang zum Speisesaal befand sich eine schmale Öffnung, hinter der Stufen in die Tiefe führten. Auch diese erkannte ich nur, weil die Steine von innen heraus zu leuchten schienen. Das grün schimmernde Licht verursachte in mir Übelkeit.

Es blieb mir nichts anderes übrig, als diesen Weg zu nehmen, wenn ich nicht in der Halle auf meinen Angreifer warten wollte, obwohl ich wusste, dass das der Plan meines Gegners war. Ich musste auf der Hut sein, aber da ich es immer vorgezogen hatte, zu handeln, zwängte ich mich durch die schmale Öffnung und blickte auf eine Treppe aus grob behauenen Steinen, die sich irgendwo unter mir in schummriger Dunkelheit verlor.

Nach einem letzten Zögern folgte ich den Stufen.

26

Mara genoss es, dass ihr Plan aufging. Bis jetzt war alles gut gegangen. Der Jäger war in die Falle getappt, die sie ihm gestellt hatte. Leider hatte keine der Visionen einen größeren Eindruck auf ihn gemacht, aber das würde sich ändern, wenn er das Ende der Treppe erreicht hatte. Das Einzige, was ihr Sorgen bereitete, war die Waffe an seiner linken Hand. Sie könnte ihren Einfluss auf ihn verringern. Am besten wäre es, ihm die Hand abzuhacken. Der Statthalter hatte nur gesagt, dass er Isaac Kane töten wollte, aber davor gehörte er ihr.

Sie bedauerte kurz, ihm diese Vision gegeben zu haben, denn dadurch waren sie gemeinsam darin gefangen. Ein Zerbrechen der Trugbilder konnte ihn dazu bringen, sie sofort zu bekämpfen.

Nach einigen Minuten folgte sie ihm die Treppe hinunter, an deren Ende eine Überraschung auf ihn wartete.

27

Ich weiß nicht mehr, wie lange es dauerte, bis ich das Ende der Treppe erreicht hatte.

Zum Schluss hin wurden die Stufen immer gröber. Viele waren schief, als wären sie planlos zusammengesetzt worden. Etliche von ihnen waren mit dem Schleim bedeckt, den ich schon in der Hotelhalle an der Rezeption gesehen hatte, und mehr als einmal gelang es mir nur mit letzter Kraft, nicht zu stürzen, wenn meine Füße von einer der Stufen abrutschten. Auch die Mauern hatten sich verändert. Waren es oben noch gleichmäßig gesetzte Steine, so wurden sie mit der Zeit immer unbehandelter. Herausstehende Spitzen verfingen sich in Pullover und Hose und ich blutete aus vielen kleinen Wunden.

Einmal versuchte ich, die Tigerkralle abzunehmen, um mich mit beiden Händen abstützen zu können, und sofort überfiel mich eine unbeschreibliche Angst, wie ich sie noch nie gespürt hatte. Mein Körper zitterte und meine Zähne schlugen aufeinander. Erst als ich die Ringe der Waffe wieder über meine Finger streifte, hörte die Panik auf. Sie schützte mich, wenn ich sie am Körper trug. Obwohl die

Umgebung sehr real und unwirklich wirkte, wusste ich tief in mir, dass es nur eine Illusion sein konnte, aber die Gefahr, die davon ausging, durchaus echt war. Als ich den Schutz der Baghnakh ablegte, glaubte mein Gehirn, dies sei die Realität und reagierte mit übertriebener Angst.

Ich ging weiter und nach einer gefühlten Ewigkeit sah ich das Ende der Treppe. Die letzten Stufen nahm ich sogar noch schneller, weil ich endlich festen Boden unter den Füßen haben wollte. Für einen Moment glaubte ich, andere Schritte zu hören, aber als ich mich konzentrierte, nahm ich nichts weiter wahr. Meine Nerven spielten mir wohl einen Streich.

Ich befand mich in einer Art Halle, deren Wände aus schwarz glänzendem Stein bestanden. Vor Erschöpfung sank ich zu Boden und wischte mir den Schweiß aus dem Gesicht. Unzählige Wunden an Armen und Beinen pochten in meinem Fleisch, kämpften um Gehör. Wunden, die ich mir an der schmalen Wand der Treppe zugezogen hatte.

Ich zwang mich, wieder auf die Beine zu kommen. Dabei drehte ich mich um die eigene Achse, um nicht von einem Angriff überrascht zu werden. War da nicht wieder das Geräusch von Schritten auf der Treppe? Außerdem glaubte ich, einen verzerrten Schatten zu sehen, der sich von oben näherte. An meiner linken Hand spürte ich, wie die Tigerkralle sich erwärmte, und ich griff mit der rechten Hand nach dem Colt.

Noch bevor ich die Waffe ziehen konnte, wurde ich von hinten angesprungen.

28

Ein dunkler Schatten flog über mich hinweg und rempelte mich an. Instinktiv drehte ich mich um die eigene Achse und versuchte, von der Gestalt wegzukommen. Als ich aufsprang, hörte ich das Kratzen von Krallen auf Stein.

Mich zu meinem Angreifer umzudrehen und den Colt zu ziehen, war fast eine Bewegung. Doch was war das?

Das Ding, das mich angegriffen hatte, kauerte auf dem Boden und starrte mich mit großen roten Augen an. Es war über und über mit unterschiedlichem Fell bedeckt. Während ich an einigen Stellen den struppigen Pelz eines Werwolfs zu sehen glaubte, standen dem Monstrum an anderen Stellen helle Haare ab, von denen ich wusste, dass ich sie schon einmal gesehen hatte, nur nicht wo. Was ich jedoch wiedererkannte, war die Kieferpartie des Werwolfs, in den sich Sir Frederic Vincent verwandelt hatte, bevor er von seiner Tochter Sara erlöst wurde[1]. Aber der Rest des Körpers passte nicht dazu. Obwohl die Hände und Füße in Krallen mit Pfoten endeten, bildete der Körper eine Mischung aus verschiedenen Menschen. Ich war sicher, in ihnen Opfer von Finlay Pearce zu erkennen, die als Untote zurückgekehrt waren[2].

Das alles war völlig unmöglich. Und jetzt fiel mir auch ein, woher mir das helle Fell der Kreatur bekannt vorkam – ich hatte es auf dem Foto gesehen, das Tony Burroughs von dem Gemälde der Chimäre gemacht hatte, bevor sie aus dem Bild stieg und ihn tötete[3]. Damit war für mich klar, dass mir hier eine Halluzination präsentiert wurde. Eine sehr gute

---

[1] Siehe Band 1: Die Hand des Werwolfs
[2] Siehe Band 2: Die Rückkehr des Gehenkten
[3] Siehe Band 3: Das Grauen aus dem Bild

und sicher auch sehr gefährliche Illusion, nur für mich, denn sie setzte sich aus meinen Erinnerungen zusammen.

Bevor ich einen Schuss auf die Gestalt abgeben konnte, stürzte sie sich auf mich und riss mich von den Beinen. Der Colt flog mir aus der Hand und schlitterte über den Boden. Das Wesen fuhr mit seinen Krallen über mein Bein und ich schrie auf.

Meine Hose wurde aufgeschlitzt und mein Oberschenkel blutete an vier Stellen. Instinktiv stach ich mit dem Dolch der Tigerkralle zu, doch die Kreatur wich mit einem Satz zurück, was mir die Zeit gab, aufzustehen und ebenfalls ein paar Schritte nach hinten zu gehen. Dabei stieß ich mit dem Fuß gegen den Colt. Ich ließ ihn jedoch an Ort und Stelle, weil ich das Wesen nicht aus den Augen lassen wollte.

Obwohl nur ein Trugbild meiner Gedanken, war es nicht weniger gefährlich, wie ich an den Schmerzen und dem Blut, das mein Bein hinunterlief, sehen konnte. Ich durfte mich nicht auf einen langen Kampf einlassen, den ich verlieren würde, sondern musste Zeit gewinnen. Um an meinen Colt zu kommen, war es wichtig, die Kreatur mit der Tigerkralle wenigstens zu verletzen. Wieder war ich mir sicher, Schritte zu hören, die ich ignorierte, um meinen Blick eine Sekunde von meinem am Boden kauernden Gegner zu lassen. Das Wesen starrte mich mit irren Augen an. Das eine kreiste in seiner Höhle, blutrot, das andere schmutzig gelb.

Trotz der Schmerzen in meinem Bein machte ich einen Schritt nach vorne, um die Kreatur zu provozieren. Das Tier brüllte tief und bedrohlich. Ich erwartete seinen Sprung und als er kam, tauchte ich unter ihm hindurch und zog die Krallen meiner Waffe über eines der Beine des Wesens.

Feine Härchen stellten sich auf meiner Haut auf, als ein gellender Schrei ertönte. Der Schrei einer Frau, der sich mit dem Brüllen der Bestie vermischte. Das Ungeheuer rollte sich hinter mir ab, und nun hatte ich die Zeit, nach meiner Waffe zu greifen.

Die Organisation der Jäger hatte sich für den Colt M1911 entschieden, weil man ihn gespannt und geladen, aber gesichert tragen konnte, doch als jemand, der noch nicht so viel Erfahrung mit Schusswaffen hatte, verzichtete ich auf diese Möglichkeit. So war ich gezwungen, die Waffe durchzuladen, was durch die Tigerkralle an der anderen Hand erschwert wurde. Der kurze Moment genügte meinem Gegner, um mich erneut anzugreifen. Mein erster Schuss ging daneben. Bevor ich noch einmal Bekanntschaft mit den messerscharfen Krallen des Ungeheuers machte, rollte ich mich ein weiteres Mal ab, um hinter sie zu kommen.

In dem Moment, als ich auf die Kreatur schießen wollte, legten sich zwei eiskalte Hände von hinten um meinen Hals und schnürten mir die Luft ab.

29

Aus Reflex drückte ich ab, aber die Kugel verfehlte ihr Ziel. Damit waren nur noch 5 Patronen in der Waffe.

Aber wer griff mich an? Mit aller Kraft ließ ich mich nach vorne fallen, in der Hoffnung, dass mein Gegner loslassen würde. Nach einem kurzen Ruck wurde ich zurückgerissen und die Person verstärkte ihren Griff. Panik machte sich in mir breit. Um eine Hand frei zu haben, ließ ich den Colt los und griff nach hinten.

Faltige Haut und fettige Haare glitten mir durch die Finger. Ich merkte, wie mir mehr und mehr die Luft wegblieb, mich

Schwindel überkam und sich mein Gesichtsfeld verengte. Wenn ich mich nicht befreien konnte, würde ich hier in dieser Halluzination sterben, ohne zu wissen, was eigentlich vor sich ging. Mehrmals schlug ich mit der geballten Faust nach hinten, ohne dass sich der Griff um meinen Hals lockerte.

Unbewusst bemerkte ich aber, dass mit jedem meiner Treffer die Illusion, die mich umgab, für einen Moment durchlässig wurde.

Wie in einer durchscheinenden Blase sah ich die Hotelhalle durch die Brust des vor mir hockenden Monsters. Alles war eine Täuschung. Die lange Treppe, der Kampf mit der Kreatur. Was konnte ich in dieser Situation nur tun?

In wenigen Sekunden würde ich das Bewusstsein verlieren! Noch einmal schlug ich mit der Faust zu, aber meine Kraft war am Ende. Im letzten Moment, bevor ich endgültig das Bewusstsein verlor, erinnerte ich mich an die Baghnakh, die ich immer noch an meiner linken Hand trug. Meine letzte Hoffnung.

Ich mobilisierte meine Reserven, riss die Hand hoch und mit einem Schwung rammte ich meinem hinter mir stehenden Gegner die Klinge von oben in den Schädel!

30

Im Bruchteil einer Sekunde war ich frei. Die Illusion löste sich auf und ich fiel auf den Holzboden des Cliff Hotels. Mein Hals brannte, und obwohl ich mit letzter Kraft nach Luft schnappte, drang kaum Sauerstoff in meine Lungen. Nur wenige Zentimeter von mir entfernt lag der Colt. Als ich nach ihm greifen wollte, wurde mir schwarz vor Augen, ich verlor das Gleichgewicht und fiel nach hinten. Gurgelnde Laute waren aus dem Hintergrund zu hören und ich versuchte so schnell wie möglich, wieder auf die Beine zu kommen, was mir auch gelang.

Vor mir stand eine uralte Frau, die mit zuckenden Händen nach der Waffe griff, die in ihrem Schädel steckte. Das musste eine der Hexen sein, die sich im Hotel eingenistet hatten. Und sie hatte mich in diese Falle gelockt. Die Tatsache, dass sie noch nicht endgültig vernichtet war, zeigte mir, über welche Kräfte sie zu verfügen schien.

Erneut griff ich nach dem Colt und bekam ihn dieses Mal auch zu fassen. Ich sah mich um. Wie ich vermutet hatte, lag ich in der Lobby des Cliff Hotels auf dem Boden und trug noch die Kleider, mit denen ich offenbar in meinem Hotelzimmer eingeschlafen war. Der Hexe war es gelungen, mich mit ihren Kräften hierher zu locken, während sie mir Illusionen von fremden Welten vorgaukelte.

Als sich meine Finger um den Griff des Colts schlossen, ließ sich die Hexe auf mich fallen und presste mir die Luft aus den Lungen. Sie brachte ihr faltiges Gesicht ganz nah an meines. Die Luft pfiff durch ihre stinkenden Zähne, während sie versuchte, zu sprechen. Blut lief ihr den Kopf hinunter und ich konnte sehen, dass dort, wo die Tigerkralle in ihrem Schädel steckte, die Auflösung begann. Der Gestank aus ihrem Mund und ihren Kleidern raubte mir den Atem und ich unterdrückte den Drang, mich zu übergeben.

Noch bevor ich den Arm heben konnte, um auf sie zu schießen, nagelte sie mich am Boden fest und umklammerte mich mit ihren Händen, die noch immer die Kraft von Schraubzwingen hatten. Wieder glitt mir der Colt aus den kraftlosen Fingern. Warum starb sie nicht? Bisher hatte die Tigerkralle jeden Gegner getötet, doch nie hatte es so lange gedauert. Und mir war es in dieser Situation unmöglich, mich zu befreien.

Ich schloss mit meinem Leben ab, aber dann geschah es. Die Kraft meiner Waffe schien die Reserven der Hexe endgültig erschöpft zu haben. Schwarzes Blut schoss aus ihrem Mund und benetzte mich. Schnell drehte ich den Kopf zur Seite, um nichts in den Mund oder in die Augen zu bekommen. Die Zersetzung ihres Körpers ging rasend schnell weiter, dann stieß sie einen unmenschlichen Schrei aus, begleitet von einer Druckwelle, die von ihrem Körper ausging. Für einen Augenblick glaubte ich, ein Leuchten aus ihrem Brustkorb aufsteigen zu sehen, das in den Wänden um mich herum verschwand.

Noch während ihr Schrei verklang, bemerkte ich die zweite Veränderung, die mit dem Zerfall der Hexe einherging. Dunkelheit senkte sich über mich und vier Hände griffen nach mir, während der Körper, der auf mir hockte, endgültig zerfiel und die Tigerkralle mit einem scheppernden Geräusch neben mir zu Boden krachte. Mit letzter Kraft schaffte ich es, sie zu packen und im Holster zu verstauen.

Dann fühlte ich, wie sich von beiden Seiten Gesichter meinem Kopf näherten. Und als die beiden Gestalten zu mir sprachen, gefror mir innerlich das Blut zu Eis: »Das war nicht nett von dir, dass du unsere Schwester getötet hast. Nun werden nur noch wir beide belohnt, wenn wir dich Gagdrar ausliefern!«

Dann verlor ich das Bewusstsein …

31

Patrick Walsh hatte beschlossen, Knebworth früh am Morgen zu verlassen. Rund 100 Meilen trennten ihn noch von

Seagrove und er konnte es kaum erwarten, zusammen mit Isaac das Hotel zu untersuchen, in dem die ungewöhnlichen Geschehnisse und Todesfälle stattgefunden hatten.

Nachdem er herausgefunden hatte, dass es sich bei der Besessenheit eines jungen Mädchens, wegen der er gekommen war, um ein gesundheitliches Problem handelte, instruierte er die Eltern und stellte den Kontakt zu einem Psychologen her. Da er ein paar freie Tage gut gebrauchen konnte und Isaac erst später anreisen würde, blieb er noch zwei Tage vor Ort, genoss die Zeit, merkte aber bald, dass es ihn nach Seagrove zog. Er war einfach nicht zum Nichtstun geschaffen.

Der große, kräftige Mann, der meist die bewundernden Blicke von Frauen und Männern auf sich zog, entschied sich daher, am Sonntag ein sehr zeitiges Frühstück in seinem Zimmer einzunehmen, bevor er sich auf den Weg zu seinem Ziel machte. Garcia hatte ihm den Namen der Pension genannt, in der Kane auf ihn warten würde, und ihm zur Sicherheit eine Wegbeschreibung gegeben.

Leere Straßen sorgten für ein gutes Vorankommen. Nachdem er die Nachrichten im Radio gehört hatte, legte er die Kassette mit dem Album ›Spectres‹ seiner Lieblingsband Blue Öyster Cult ein und genoss die treibende Musik von ›Godzilla‹, dem ersten Stück des Albums.

Walsh ärgerte sich immer noch darüber, dass Howard Picton ihnen durch die Lappen gegangen war. Nachdem sie im Krankenhaus lediglich die Leiche von Peter Shaw, dem Galeristen, der Pictons Bilder verkauft hatte, gefunden hatten, lief die Fahndung eine Zeit lang auf Hochtouren. Zu allem Überfluss fehlten eine aussagekräftige Beschreibung und ein konkretes Fahndungsbild von Picton selbst. Die vage Beschreibung einer Krankenschwester brachte die Suche nicht weiter. Inzwischen gingen sie davon aus, dass Howard Picton nicht der richtige Name des Mannes war, da keinerlei Informationen über ihn zu finden waren. Die Organisation stocherte im Nebel und musste sich damit abfinden, dass sie nichts unternehmen konnten, bis Picton wieder zuschlug. Außerdem war es ihnen nicht gelungen, Pictons gefährlichste Kreatur, die Chimäre, zu töten.

Ian West hatte ihnen eine ordentliche Standpauke gehalten. Positiv war jedoch, dass Isaac mehr Kampferfahrung sammeln konnte und sich gut geschlagen hatte. Walsh arbeitete gerne mit ihm zusammen, und inzwischen waren sie gute Freunde geworden. Er war gespannt, was ihn in Seagrove erwarten würde.

Gegen neun Uhr lenkte er seinen Vauxhall Carlton die breite Straße hinunter auf den Ort zu. Schon von Weitem konnte man das Cliff House sehen, das ähnlich einer Burg über dem Ort thronte. Wenn Garcias Wegbeschreibung stimmte, brauchte er nur der Hauptstraße zu folgen, bis er hinter einer Kreuzung, an der es links zum Hotel auf den Berg hinauf ging, die Pension sehen würde, in der Isaac ein Zimmer gemietet hatte.

Nach ein paar Minuten parkte Walsh sein Auto neben dem von Isaac. Beim Aussteigen schaute er noch einmal zum Hotel hinauf, bevor er die Pension durch den Eingang vom Parkplatz aus betrat. An der Rezeption war niemand zu sehen, aber aus dem Frühstücksraum nebenan hörte er Gespräche. Pat ging hinein, sah Isaac aber nicht. Der Raum bot gerade Platz für fünf Tische, von denen drei mit Paaren besetzt waren. Er ging zurück zur Rezeption und betätigte die Klingel auf dem Tresen.

Kurze Zeit später kam ein Mann aus einem Raum hinter der Theke, der mit einem Vorhang abgetrennt war.

»Was kann ich für Sie tun?«, fragte der drahtige Angestellte und sah Walsh durch die Gläser seiner Nickelbrille fragend an.

»Mein Name ist Patrick Walsh«, antwortete der hochgewachsene Mann. »Ein Freund von mir, Dr. Isaac Kane, ist hier zu Gast und erwartet mich. Außerdem sollte hier ein Päckchen oder ein Umschlag für mich liegen. Colin Hess, der Besitzer des Cliff Hotels, müsste es abgegeben haben.«

Zur Bestätigung seiner Identität hatte Walsh seinen Ausweis gezückt, der ihn als Sonderermittler der Polizei auswies. Seiner Erfahrung nach erleichterte das die Sache, und so war es auch hier.

»Natürlich, Mr. Walsh. Dr. Kane ist in Zimmer 217, aber ich habe ihn heute noch nicht gesehen. Sie können gerne nach oben gehen, hier die Treppe hoch.«

Während er sprach, wühlte der Mann in einer neben ihm stehenden Postkiste und holte einen braunen Umschlag heraus, auf dem handschriftlich ›Kane / Walsh‹ vermerkt war, und legte ihn auf den Tresen. Für einen kurzen Moment fragte sich Pat, warum Isaac den Umschlag noch nicht abgeholt hatte, und ein mulmiges Gefühl machte sich in seinem Magen breit.

»Danke«, sagte Walsh und nahm den Umschlag an sich. »Ich werde mal nach oben gehen.«

Der Portier nickte ihm zu und verschwand wieder hinter dem Vorhang. Pat ging schnellen Schrittes in den zweiten Stock. Oben zeigte ihm ein Schild, dass Isaacs Zimmer am Ende des Flurs lag. Hoffentlich war er schon wach und musste nicht aus dem Bett geholt werden.

Walsh grinste, als er sich der Tür näherte. Aus einigen Zimmern hörte er Stimmen, seine Schritte waren auf dem dunkelgrünen Teppich kaum zu hören.

Patrick Walshs Lächeln verwandelte sich in Besorgnis, als er sah, dass die Zimmertür seines Freundes weit offen stand! Er zog seine Waffe, stellte sich neben die Tür und zielte dann in den Raum. Außer dem Bett, einer Couch und einem schäbigen Schreibtisch, auf dem einige von Isaacs Papieren und seine Autoschlüssel lagen, war der Raum leer.

Das Bett sah aus, als hätte niemand darin geschlafen, aber Walsh bemerkte einige Blätter, die auf der Rückenlehne der Couch und auf dem Boden lagen. Offenbar hatte Isaac hier noch Nachforschungen angestellt. Aber was war dann passiert? War er eingeschlafen? Walsh sah sich um. Er bemerkte einen Schuhabdruck auf einem der Blätter. Hatte Isaac den Raum freiwillig verlassen und vergessen, ihm eine Nachricht zu hinterlassen? Aber wohin war er gegangen? Sie hatten verabredet, gemeinsam ins Hotel zu fahren. Und wenn er dorthin wollte, warum stand dann sein Auto noch da?

Patrick Walsh steckte die Waffe wieder ein, setzte sich an den Schreibtisch und überlegte, was er als Nächstes tun sollte, denn irgendetwas stimmte hier ganz und gar nicht.

32

Nur langsam kam ich wieder zu Bewusstsein.

Noch bevor ich die Augen öffnen konnte, hörte ich erneut die Stimmen, die ich nach dem Tod der ersten Hexe wahrgenommen hatte. Stimmen, die mir in den Leib schnitten, so unangenehm und kalt war ihr Klang.

In meiner Nähe sprachen zwei alte Frauen miteinander. Das waren mit Sicherheit die beiden anderen Hexen. Ich hielt meine Augen geschlossen und hoffte, aus ihrem Gespräch mehr über meine Lage zu erfahren. Das erwies sich als schwierig, denn sie beendeten ihre Sätze gegenseitig und gingen dabei um mich herum.

»Also, ich werde Mara nicht vermissen …«

»… obwohl ihre Kraft es uns ermöglicht hat, freizukommen.«

»Ja, aber ohne die Hilfe des Statthalters hätte sie es nie geschafft.«

Eine kurze Pause entstand. Inzwischen hatte ich realisiert, dass ich an einen Stuhl gefesselt war.

Die Fesseln drückten in meine Haut. Immer wieder kamen die Hexen mit ihren Köpfen an mein Gesicht. Ihr stinkender Atem zog an mir vorbei, und meine Nackenhaare stellten sich auf. Wahrscheinlich wollten sie sehen, ob ich schon wach war, aber ich stellte mich weiterhin bewusstlos. Selbstbeherrschung war etwas, das man mir gleich zu Beginn meiner Ausbildung beigebracht hatte.

»Wann beginnen wir mit der Beschwörung? Wir können nicht riskieren, dass der Statthalter uns tötet.«

»Ich glaube, er wird uns sehr dankbar sein, wenn wir ihm Kane ausliefern. Die Symbole sind fast alle gezeichnet und Kanes Blut steht bereit.«

»Aber wann fangen wir an? Es ist schon hell draußen.«

»Was kümmert uns das? Niemand wird kommen, um ihn zu retten. Und falls doch, ist das Haus magisch abgeriegelt. Hättest du verhindert, dass er diese verfluchte Kralle wieder bei sich trägt, wären wir schon längst fertig. Nur wegen dir müssen wir die Beschwörung erweitern.«

»Du hättest doch auch darauf achten können. Aber du hattest genauso Angst wie ich, dass es nur die Kraft des Statthalters war, die Mara davor bewahrte, sofort zu sterben, als sie von der Waffe getroffen wurde.«

Eine Pause entstand. Ich hörte Geräusche, als würden Schalen über den Boden geschoben. Jetzt nahm ich auch den Geruch von verbranntem Wachs wahr. Nervosität stieg in mir auf. Wenn sie es tatsächlich schafften, Gagdrar herbeizurufen, wäre das mein Todesurteil. Der Dämon hatte mir bei unserer ersten Begegnung auf Vincent Manor zu verstehen gegeben, dass er nicht gewillt war, mich am Leben zu lassen. Schließlich war ich für den Verlust seiner Hand verantwortlich.

Ich versuchte, mich ein wenig zu bewegen, aber die Stricke, die man mir angelegt hatte, waren zu stark.

»Warum machst du nicht einfach die Augen auf? Wir wissen, dass du wach bist!«

Verdammt! Langsam öffnete ich die Augen. Vor mir standen die beiden Hexen, die sich zum Verwechseln ähnlich sahen. Auch die Dritte, die ich getötet hatte, war fast ein Spiegelbild von ihnen gewesen.

Die beiden Weiber vor mir schienen mindestens hundert Jahre alt zu sein. Ihre zerfurchten Gesichter waren von ewigem Hass verzerrt. Fettige, schmutzige Haare umgaben ihre Köpfe und beide waren in eine Art Umhang gekleidet, der ihren ganzen Körper umhüllte. Ihre nackten Füße waren fast schwarz vor Dreck, gelbliche Fußnägel drehten mir den Magen um.

Verfärbte, lange Fingernägel sorgten für den Rest meiner aufkommenden Übelkeit. Eine von ihnen trat einen Schritt auf mich zu und fuhr mir mit dem Zeigefinger über die Wange, dass mir vor Ekel eine Gänsehaut über den Rücken lief.

»Ich denke, ich stelle mich einmal vor, damit du weißt, mit wem du es zu tun hast, Isaac Kane.«

Während sie sprach, hüllte mich ihr übel riechender Atem ein, und ich konnte sehen, dass die Zähne in ihrem Mund verwitterten Grabsteinen auf einem alten Friedhof glichen. Als sie meinen Namen sagte, spuckte sie auf den Boden und ich hörte ein Zischen, als ob kaltes Wasser auf eine heiße Herdplatte trifft.

»Ich heiße Malorie und das ist meine Schwester Menja«, fuhr sie fort. Menja grinste zynisch, als ihr Name fiel. Um mich zu verhöhnen, deutete sie die Imitation einer Verbeugung an.

»Wir sind schon sehr lange in diesem Hotel, meine Schwestern und ich. Du hast Mara kennengelernt, und eigentlich müsste ich dich dafür hassen, dass du sie getötet hast. Aber nur so konnten wir aus unserem Gefängnis entkommen. Mara war es schon einige Male gelungen, die Mauern unserer Zelle zu verlassen, um Einfluss auf die Menschen zu nehmen. Und jeder Mord, jeder Selbstmord schürte die Energie in uns. Aber es reichte immer nur für eine, um rauszukommen, und das war Mara. Zu dumm nur, dass sie uns betrügen wollte. Sie lieh sich Energie von Gagdrar, um dich zu besiegen, aber Menja und ich waren sicher, dass sie uns verraten und zurücklassen würde, sobald du dem Statthalter übergeben worden wärest.»

Während sie sprach, war Malorie weiter durch den Raum gewandert und hatte die letzten Zeichen schwarzer Magie auf den Boden und die Wände gezeichnet. Menja schien mich zu bewachen, jedenfalls rührte sie sich nicht.

»Aber jetzt, wo Mara tot ist, ändert sich alles«, fuhr die Hexe fort. »Als du deine Waffe eingesetzt hast und sie verging, verließ die Energie des Statthalters ihren Körper und zerstörte die letzten Dämonenbanner, die uns am Verlassen unseres Gefängnisses hinderten. Nun werden wir Gagdrar beschwören und dich ihm übergeben.«

Ihr Tonfall hatte fast eine lüsterne Färbung angenommen. Und sie schnalzte mit der Zunge.

»Warum habt ihr mich nicht einfach getötet?«, fragte ich und versuchte, meiner Stimme einen selbstbewussten Klang zu geben. »Ich bin sicher, ihr hättet das Hotel auch so verlassen können.«

Ich hoffte, dass sie nicht mitbekommen hatten, dass ich ihre Bemerkung über die Tigerkralle gehört hatte.

Zum ersten Mal hörte ich Menjas Stimme: »Halt die Klappe, du widerlicher Mensch. Wenn du nicht unter dem Schutz der …«

»Menja, sei still«, schrie die andere Hexe ihre Schwester an, die wie ein geprügelter Hund zusammenzuckte. »Versetz ihn in Trance.«

Menja sah mich an, und ich merkte, dass sie mir die Schuld an der Zurechtweisung ihrer Schwester gab. Dann holte sie aus und versetzte mir eine Ohrfeige. Mein Kopf zuckte zur Seite und ich spürte ein Knacken im Hals.

»Hat das wehgetan?«, kicherte die Hexe und legte beide Hände um meinen Kopf. Ich spürte, wie sich ihre Fingernägel in meine Kopfhaut bohrten, und mein Magen rebellierte wieder. Dann murmelte Menja ein paar undeutliche Worte und ich fühlte, wie mich eine unendliche Müdigkeit überkam.

Wieder beugte sich die Hexe zu mir hinunter und flüsterte mir ins Ohr: »Und jetzt schlaf!«

Von einem Moment auf den anderen überfiel mich die Dunkelheit.

33

Patrick Walsh hatte mit Diego Garcia telefoniert. Auch dieser hatte keine Ahnung, wo Isaac sein könnte, befürchtete aber, dass er in eine Falle geraten war. Sie beschlossen, dass Walsh zum Hotel fahren sollte, um zu sehen, ob er dort etwas entdecken würde.

Nachdem er das Zimmer durchsucht und keine Waffen gefunden hatte, entschieden sie gemeinsam, dass Pat im Kofferraum von Isaacs Auto nachsehen sollte, ob sich das Schwert und das Beil noch darin befanden. Wenn ja, sollte er sie an sich nehmen und sie Isaac so schnell wie möglich geben oder notfalls selbst benutzen.

Walsh verließ die Pension und ging zum Parkplatz. Der Wagen seines Freundes stand immer noch unberührt neben seinem. Ein Griff auf die kalte Motorhaube verriet ihm, dass das Auto eine Weile nicht bewegt worden war. Er benutzte Isaacs Schlüssel, um den Kofferraum zu öffnen. Der Spezialkoffer mit den Waffen war noch drin, was bedeutete, dass Isaac höchstens den Colt und die Tigerkralle bei sich hatte. Eine gute Verteidigung, aber gerade das Kurzschwert hatte ihnen bisher gute Dienste geleistet.

Garcia hatte Walsh einen Trick verraten, wie man den Koffer öffnen konnte, ohne die Kombination zu kennen. Offenbar hatte man bei der Konstruktion an einen solchen Fall gedacht. Walsh pfiff kurz durch die Zähne, als er das silberne Beil sah. Wenn die beiden Waffen in dem Koffer nebeneinander lagen, schien es, als gehörten sie zusammen.

Identische Symbole und anscheinend das gleiche Silber, aus dem sie gefertigt worden waren.

Der Jäger öffnete den Kofferraum seines Wagens und nahm eine Tasche heraus, in der er die Waffen verstaute. Er hatte keine Ahnung, wo sich die Scheide befand, in der Isaac normalerweise sein Schwert am Gürtel trug, und auch für die Axt gab es keinen anderen Platz. Er legte die Tasche auf den Beifahrersitz seines Wagens.

Nachdem er Isaacs Fahrzeug verschlossen hatte, nahm Walsh einige Magazine aus seinem Auto und steckte sie auch in seine Taschen. Falls Isaac entführt worden war, hatte er sicher nicht genug Munition bei sich, und durch die Regel, dass jeder Jäger mit identischen Schusswaffen ausgerüstet war, konnte man immer auf die Munition des anderen zurückgreifen.

Dann setzte er sich in sein Auto, fuhr vom Parkplatz der Pension und machte sich auf den Weg zum Cliff House. Kurz dachte er daran, das Radio einzuschalten, doch dazu war er zu nervös. Patrick Walsh hoffte nur, dass Isaac Kane noch am Leben war …

34

Ich erwachte aus meiner Bewusstlosigkeit, als mich ein weiterer Schlag traf. Die Wucht warf mich und den Stuhl, an den ich gefesselt war, um. Mein Kopf schlug auf dem Boden auf und ich verlor für einen Moment die Orientierung. Jemand zog mich an den Fesseln nach oben, dabei schnürten mir die Stricke das Blut in Händen und Füßen ab.

Vor mir erschien das Gesicht einer der Hexen. Ich wusste nicht, welche es war. Aber es war mir auch egal.

»Wieder wach?«, höhnte die alte Vettel vor mir. Ich rang nach Atem, brauchte den Sauerstoff, der mir das Gefühl gab, noch am Leben zu sein. Der Gestank war unerträglich. »Malorie sagt, es dauert nicht mehr lange, bis der Statthalter kommt. Und das willst du doch nicht verschlafen, oder?«

Mit einem Kichern fuhr mir die Hexe, es musste also Menja sein, mit ihren Klauen durchs Haar. Dann beugte sie sich zu mir herab und flüsterte in mein Ohr: »Eigentlich hätte ich dich gern für mich gehabt. Wir hätten viel Spaß haben können, meinst du nicht?«

Angewidert wandte ich mich ab. »Verschwinde, du Ausgeburt der Hölle. Töte mich, wenn du willst, aber erspare mir deine kranken Fantasien.«

Ich kämpfte gegen meine aufsteigende Verzweiflung an. Schweiß rann mir über den ganzen Körper und Kälte kroch in mich hinein. Ich würde das alles nicht mehr lange aushalten. Die Aussicht, gleich dem Dämon zu begegnen, der mich mehr als alles andere hasste, trug auch nicht gerade zu einer Verbesserung der Situation bei.

Die Hexe ging zu ihrer Schwester zurück, die an der Rezeption stand und in einem alten Buch blätterte. Ich zwang mich zur Ruhe. Der Raum hatte sich verändert. Die beiden Frauen hatten alle Möbel zur Seite geräumt und in der Mitte des Zimmers ein Pentagramm auf den Boden gemalt. Teile der Zeichnung schimmerten rot, und wenn ich an die Bemerkung von vorhin dachte, war ich mir sicher, dass es mein Blut war. Der Stuhl, an den ich gefesselt war, stand in der Mitte des Pentagramms, an den fünf Ecken des Symbols brannten Kerzen aus schwarzem Wachs, die einen widerlichen Gestank verbreiteten.

Die Hexen stellten sich neben den Stuhl, auf dem ich saß, und begannen, Beschwörungsformeln zu murmeln. Innerhalb weniger Sekunden sank die Temperatur im Raum um mehrere Grad, und das Licht, das durch die Fensterscheiben hereinfiel, wurde gedämpft. Nach wenigen Minuten waren die uns umgebenden Kerzen die einzige Lichtquelle im Raum.

Trotz meiner vielen Studien konnte ich nur wenig von dem nachvollziehen, was die alten Weiber murmelten, aber das, was ich verstand, jagte mir einen ehrlichen Schrecken ein, den ich so bisher noch nicht gekannt hatte. Immer wieder fielen die Namen uralter Dämonen, von denen ich mindestens zwei kannte: Gagdrar, einer der Statthalter des Bösen für unseren Planeten. Doch dann fiel ein zweiter Name, den ich aus meinen Forschungen der *Lemegeton Clavicula Salomonis* kannte, wo er in der *Ars Goetia* auftauchte: Marbas. Angeblich der *Große Präsident der Hölle*, der über 36 Legionen von Dämonen herrschte. Etwas, das mir damals, bevor ich Ian West traf, interessant erschien. Jetzt schürte es meine Angst bis zur Panik.

Während die Hexen weiter ihre Beschwörungen murmelten, wurde es noch ein wenig kälter im Raum. Die Flammen der Kerzen wurden kleiner. Dann umgab uns plötzlich ein rötliches Licht. Obwohl ich mich wegen der Fesseln kaum bewegen konnte, gelang es mir, meinen Oberkörper zur Seite zu neigen, um die Lichtquelle zu finden.

Es war das Pentagramm unter mir, das dunkelrot leuchtete. In der Mitte, wo die Linien ein Fünfeck bildeten, hatte sich ein Krater gebildet, an dessen Boden Flammen loderten. Und am Ende dieses Kraters begann eine Gestalt mit schwarzer Haut und violett leuchtenden Augen nach oben zu steigen. Gagdrar war auf dem Weg, mich zu töten.

35

Patrick Walsh holte alles aus seinem Wagen heraus, um das Cliff House so schnell wie möglich zu erreichen. Je näher er dem Gebäude auf dem Berg kam, desto unruhiger wurde er. Was sollte er tun, wenn er Isaac dort nicht finden würde? Außer dem Hotel gab es keinen Anhaltspunkt. Wenn sein Freund ihren Feinden bereits zum Opfer gefallen war, würde er ihn nie wieder sehen.

Er nahm den Fuß vom Gas, als die letzte Kurve in Sicht kam, hinter der das Hotel lag, bevor er wieder beschleunigte. Links von ihm lag der Parkplatz, aber Walsh sah, dass er weiter vorne direkt vor die Eingangstür fahren konnte, um Zeit zu sparen. Der Motor des Vauxhall heulte noch einmal auf, bevor er mit quietschenden Reifen vor dem Gebäude zum Stehen kam.

Eine fast unheimliche Stille breitete sich urplötzlich aus, nur unterbrochen vom leisen Rauschen der Wellen tief unter ihm, wenn das Wasser sich an den Felsen brach. Nichts deutete im ersten Moment darauf hin, dass etwas nicht stimmte, aber er wusste von den Toten, kannte die Berichte und war sicher, am richtigen Ort zu sein. Wenn er nur nicht zu spät kam …

Er nahm die Tasche vom Beifahrersitz und hängte sie sich über die Schulter. Dann zog er seine Waffe und ging auf den Eingang des Cliff House zu. Die beiden Türen waren geschlossen, und bevor er sie öffnete, legte Walsh sein Ohr an das Holz. Die Stille draußen kam ihm zugute, denn er glaubte, die Stimmen von Frauen zu hören. Was sie sagten, konnte er nicht verstehen, aber die Tatsache, dass noch jemand hier war, ließ ihn hoffen, dass Isaac noch lebte.

Da er keine Ahnung hatte, wie viele potenzielle Feinde auf ihn warteten, blieb ihm nur ein Überraschungsangriff. Walsh positionierte sich so, dass er die Tür aufreißen und mit der Waffe in den Raum zielen konnte. Noch einmal tief durchatmen, dann war er bereit. Er zählte im Kopf bis drei und schloss die Finger seiner linken Hand um die Türklinke.

Ein lauter Knall ertönte und eine unsichtbare Kraft katapultierte Patrick Walsh durch die Luft und ließ ihn mit dem Rücken voran in die Windschutzscheibe seines Wagens krachen!

36

Mittlerweile hatte ich Todesangst!

Die Hexen hatten nach und nach aufgehört, Formeln und Beschwörungen zu murmeln. Nachdem sie den Stuhl, an den ich gefesselt war, vom Pentagramm weggezogen hatten, war mein Blick frei auf das unheimliche Loch im Boden, aus dem ununterbrochen rötliches Licht flackerte.

Die Vetteln standen auf der anderen Seite des Symbols, die Arme erhoben, als würden sie einen unsichtbaren Götzen anbeten. Immer wieder zuckten Blitze aus der Tiefe hervor und ließen meinen Körper vor Schmerz vibrieren. Die schmutzigen, abstoßenden Haare und Umhänge der teuflischen Weiber flatterten im Wind und das ständige Kichern der Frauen trieb mich in den Wahnsinn.

Mittlerweile hörte ich auch Geräusche aus der Tiefe, als Gagdrar zu uns nach oben kam. Immer wieder glaubte ich, das Kratzen seiner Krallen auf Steinen zu hören.

Instinktiv versuchte ich, nach hinten zu rücken, aber der Stuhl und die Fesseln hinderten mich daran. Die Tigerkralle im Holster glühte; ich spürte ihre Hitze auf meiner Haut wie eine heiße Herdplatte. Zum Glück hatte ich in der Vergangenheit festgestellt, dass diese Hitze bei mir keine Verbrennungen hinterließ.

Die Zeremonie dauerte an, ohne dass ich eine Chance hatte, ihr zu entkommen. Wenn nicht ein Wunder geschah, war ich bald tot. Oder noch schrecklicher – ich wäre nicht tot, beendete mein Gehirn den Gedanken. Eine solche Verzweiflung kannte ich nicht. Nicht in dieser Art, nicht in dieser Intensität, nicht in dieser Unausweichlichkeit …

Für einen Moment glaubte ich, einen Knall zu hören. Die Hexen blickten kurz aus ihrer Trance auf, bevor sie ihre Arme wieder in die Höhe streckten.

Dann sah ich, wie die schwarze Pranke Gagdrars aus dem Höllenschlund hervorschoss und ihre Krallen in den Holzboden schlug.

37

Unter Flüchen versuchte Patrick Walsh aus dem Wagen zu klettern. Zum Glück hatte er nur die Scheibe durchschlagen, ein Sturz auf das Blech hätte sicher schlimmere Verletzungen zur Folge gehabt. Trotzdem spürte er jeden Muskel in seinem Körper, und ein Ziehen in der Schulter ließ ihn vermuten, dass er sich zumindest eine Prellung zugezogen hatte.

Im Flug hatte er den Colt fallen lassen, der neben dem Wagen lag. Er hob die Waffe auf und steckte sie in das Holster. Mit der magischen Türsicherung hatte er nicht gerechnet. Wie sollte er in das Gebäude gelangen? Sicherlich war der gesamte Komplex mit diesem Schutz überzogen und hier war der schnellste Weg hinein.

Als Walsh sich erneut der Tür näherte, dachte er zum ersten Mal wieder an die Tasche mit Isaacs Waffen, die immer noch an seiner Schulter hing. Vielleicht konnte das Beil helfen, die Barriere zu öffnen. Walsh zog die Waffe heraus. Die meisten Symbole waren ihm von Isaacs Kurzschwert bekannt, aber es gab auch einige, die er noch nicht gesehen hatte.

Bevor noch mehr Zeit verging, musste er es versuchen. Zum Glück war das Beil handlich genug, um es mit einer Hand zu führen, und er nahm den Colt in seine andere Hand, während er die Schneide des Beils in die Nähe der Tür führte, um es zu testen. Ein statisches Rauschen erfüllte die Luft, und kleine Blitze zuckten zwischen Tür und Waffe. Das war die Reaktion, auf die Walsh gehofft hatte, offenbar reagierte das Beil auf die dunkle Magie.

Wieder stellte sich Patrick vor die Tür, doch statt nach der Klinke zu greifen, hob er das Beil, um zuzuschlagen. Wenn er es jetzt nicht schaffte, war er mit seinem Latein am Ende.

Noch einmal zählte er im Kopf bis drei, dann schlug er das Beil mit aller Kraft gegen die magische Barriere, die das Hotel umgab.

38

Als Gagdrars Körper vollständig aus dem Schlund auftauchte, fielen die Hexen hinter ihm auf die Knie und pressten ihre Köpfe auf den Boden.

Der Dämon sah genauso aus, wie ich ihn das letzte Mal auf Vincent Manor gesehen hatte. Er trug eine schwarze Kutte, die Kapuze über den Kopf gezogen, und wirkte wie ein unheimlicher Mönch. Seine Augen leuchteten violett und seine schwarze Haut glänzte im Schein der Kerzen, die uns umgaben. Unsere Blicke trafen sich. Mein Gegner verzog hasserfüllt den Mund, und ich konnte einen Blick auf die gelben, spitzen Zähne in seinem Maul erhaschen. Obwohl der Dämon eine menschliche Form hatte, glich sein Gesicht eher einer aus Holz geschnitzten Götzenfigur, wie ich sie schon in Museen gesehen hatte.

Mit langsamen Schritten kam er auf mich zu und ich spürte, wie sich mein Magen zusammenzog. Mein Blick fiel auf seine Arme und ich sah, dass dort, wo die rechte Klaue hätte sein sollen, ein vernarbter Stumpf saß. Als ich ihm mit dem Kurzschwert die Hand abgehackt hatte, hatte er mir geschworen, mich zu töten, wenn wir uns wiedersehen würden. Mit Hilfe der Hexen von Cliff House wollte er nun sein Ziel vollenden.

»Wie schön, dass wir uns wiedersehen, Isaac Kane«, sagte der Dämon mit einer gewissen Heiterkeit in der Stimme. »Damit hast du nicht gerechnet, oder?«

Ich hielt seinem Blick stand, wollte mir keine Blöße geben. Doch meine Lippen brachten keinen Laut hervor.

»Ich habe dir doch prophezeit, dass wir uns wiedersehen. Der alte Narr West konnte dich lange vor mir verstecken, aber das ist jetzt vorbei. Wenn ich mit dir fertig bin, wird niemand mehr etwas von dir finden.«

Gagdrar hob seine verbliebene Klaue und ließ eine Kralle vor meinen Augen kreisen. »Hat er dir eigentlich schon alles erzählt, was er über deine Eltern weiß, oder hat er immer noch Geheimnisse?«

Der Dämon wartete einen Augenblick. »Ja, das konnte West schon immer gut, Informationen für sich behalten,

Menschen ausnutzen und für seine Zwecke einspannen. Also gar nicht so weit weg von dem, was ihr Menschen uns vorwerft.«

Ich hatte keine Ahnung, wovon der schwarze Dämon sprach, aber in meiner Angst konnte ich mich auch kaum auf seine Worte konzentrieren.

Mein Peiniger wandte sich an die Hexen: »Ihr habt mir gut gedient. Aber was ist mit der, der ich meine Kräfte gab?«

Die Weiber richteten sich auf, wagten es aber kaum, Gagdrar in die Augen zu sehen. Unterwürfig erzählte eine von ihnen, wie Mara mich überwältigt hatte und von mir getötet worden war. Bei ihren Worten ging der Dämon um meinen Stuhl herum, ständig war ich darauf gefasst, einen tödlichen Schlag zu erhalten oder von ihm schwer verletzt zu werden.

»Es war also meine Energie, die euch aus eurem Gefängnis befreit hat, als eure Schwester starb? Interessant zu wissen. Und was habt ihr jetzt vor?«

Die Hexen sahen sich für den Bruchteil einer Sekunde an, bevor eine der beiden antwortete: »Wir wollen raus aus diesen Mauern. Da draußen gibt es mit Sicherheit noch viel mehr Möglichkeiten, der dunklen Sache zu dienen. Und wir … wir möchten noch ein wenig von deiner Kraft erbitten, um dir in allem, was wir tun werden, noch mehr zu gefallen.«

Gagdrar ging auf die beiden Hexen zu und hob seine verbliebene Hand. Ein Leuchten ging von seinen Fingern aus, und die alten Weiber sanken wieder auf die Knie. Für einen kurzen Moment umgaben sie Lichtbögen, bevor das, was wohl Gagdrars Energie war, in ihre Körper fuhr.

Ihre schrillen Schreie hallten in meinen Ohren wider. Sie fielen mit Zuckungen zu Boden und wälzten sich, während dicke Speichelfäden aus ihren Mündern rannen und ihre Gesichter und Haare verklebten. Angewidert blickte ich zur Seite, doch der Dämon in Schwarz griff nach meinem Kinn und drehte meinen Kopf zurück.

»Ja, man muss mit meiner Kraft umgehen können. Es wird etwas dauern, bis die beiden wieder ansprechbar sind, aber leider konnte ich ihren Wunsch nicht erfüllen. Mit meinem Zauber habe ich sie an das Gebäude gebunden, bis es vielleicht eines Tages verlassen sein wird. Dann können sie in die Freiheit gehen. Du musst zugeben, dass ihr Wunsch etwas unverschämt war, oder?«

Ich sah Gagdrar an. »Warum tötest du mich nicht einfach? Deshalb bist du doch hier, oder?«

Meine Energie war am Ende.

»Ich glaube, du unterschätzt mich, Isaac Kane. Natürlich werde ich dich töten. Aber nicht hier und nicht jetzt. Ich werde dich in mein Reich bringen. Dort werde ich dir die größten Qualen bereiten, während meine Untergebenen diese Waffe beschwören, die West für dich gebaut hat, damit sie mir in Zukunft dient. Schließlich sind es meine Klauen, die ihr ihre Kraft verleihen.«

Mit diesen Worten griff er mit seiner verbliebenen Hand nach meiner Kehle und drückte zu. Wieder ging ein Leuchten von ihm aus und ich wusste tief in mir, dass dies der Anfang war, mich in sein Reich zu entführen. Ich war nicht in der Lage, mich zu wehren. Um mich herum verschwamm die Umgebung und es würde nicht mehr lange dauern, bis Gagdrar mit mir verschwinden würde.

Ein lautes Krachen ertönte und der Dämon ließ meinen Hals los. Ich blickte zur Seite und sah, wie die Flügel der

Eingangstür aufflogen und Patrick Walsh mit einem Beil und seinem Colt bewaffnet in der Tür stand.

39

Die nächsten Dinge geschahen für mich fast in Zeitlupe. Gagdrar drehte sich zur Tür, als die Torflügel gegen die Wand schlugen. Er deutete in Patricks Richtung und murmelte eine Beschwörung. Ein violettes Leuchten umgab seine Krallen und schoss auf meinen Partner zu, doch bevor es ihn erreichte, warf der sich nach vorne und rollte sich ab. Als er wieder auf die Beine kam, schleuderte er die Axt mit aller Kraft auf den schwarzen Dämon.

Gagdrars Brüllen ließ das Hotel in seinen Grundfesten erzittern, als die Waffe ihn in der Brust traf und stecken blieb. Da er direkt neben mir stand, konnte ich sehen, dass das Beil nicht ganz in seinen Körper eingedrungen war, und dass er höllische Schmerzen haben musste. Kleine bläuliche Blitze umgaben die Wunde. Der Dämon taumelte zurück, während Walsh die Gelegenheit nutzte und drei Kugeln auf ihn abfeuerte.

Von der Wucht der Geschosse getroffen wich Gagdrar einige Schritte zurück, bis er wieder am Eingang zum Höllenschlund in der Mitte des Pentagramms stand, aus dem er aufgestiegen war. Mir war klar, dass er versuchen würde zu fliehen.

»Schieß weiter, Pat«, schrie ich aus Leibeskräften. »Lass ihn nicht entkommen.«

Walsh drückte noch einmal ab, aber der Dämon war schneller. Ich sah, wie sein Körper für einen Moment durchsichtig wurde und dann in der Tiefe verschwand. Von einem Moment auf den Nächsten schloss sich das Loch im Boden, und das Leuchten erlosch. Das Beil, das noch in seinem Körper steckte, hatte er mitgenommen!

Ich hörte Pat fluchen, dann rannte er auf mich zu. Nervös blickte ich zu den Hexen, die ich für einen Moment beinahe vergessen hatte. Die beiden abstoßenden Weiber blickten uns voller Hass an, und mit einem Mal lösten sie sich in Luft auf.

Walsh sah mich an. »Isaac, alles in Ordnung? Was ist passiert?«

Ich nickte vor Erschöpfung. Mein Körper zuckte unkontrolliert vom Adrenalin, das durch meine Adern schoss. Bevor mein Partner mich befreite, wechselte er das Magazin seiner Waffe. Dann legte er sie auf meine Beine und öffnete die Knoten der Fesseln, mit denen ich an den Stuhl gebunden war. Als er die Stricke löste, spürte ich, wie ich vor Schwäche nach vorne kippte, aber Walsh fing mich auf.

Während ich noch nach Luft schnappte, steckte er seinen Colt ein, nahm meine Waffe, überprüfte das Magazin und lud es nach. Dann steckte er sie mir wieder in das Holster.

»Was ist passiert?«, fragte mein Partner noch einmal. Mit stockender Stimme erzählte ich ihm, wie ich in das Hotel gelockt worden war, gegen eine der drei Hexen kämpfen musste und sie besiegen konnte. Gagdrar hatte Pat mit eigenen Augen gesehen, also brauchte ich ihm nur zu erzählen, wie die Hexen ihn beschworen und um seine Hilfe angefleht hatten. Während meines Berichts betrachtete Pat die Utensilien der Beschwörung und verwischte das Pentagramm auf dem Boden. Der Wind, der durch die Eingangstür wehte, hatte inzwischen auch die Kerzen gelöscht.

»Danke, dass du mich gerettet hast«, schloss ich. »Ich dachte schon, es wäre aus mit mir.«

Pat winkte ab und grinste mich an. »Du kannst froh sein, dass ich mich entschlossen habe, so früh anzureisen. Wäre ich nur ein bisschen später gekommen, wärst du erledigt gewesen.«

»Absolut, das stimmt«, nickte ich. »Bevor ich es vergesse: Woher hast du das Beil, mit dem du Gagdrar angegriffen hast? Es schien mir mehr zu bewirken als die Silberkugeln. Garcia hatte es mir gegeben.«

»Genau das hat er mir erzählt. Ich habe mir erlaubt, deinen Kofferraum zu durchsuchen, bevor ich gekommen bin. Ich habe auch dein Schwert mitgebracht. Hier.«

Er reichte mir die Tasche, die er über der Schulter trug.

»Ich glaube, es ist besser, wenn du es behältst«, sagte ich mit einem Kopfschütteln. »Wir haben hier noch etwas zu erledigen. Zwei der Hexen sind noch im Haus und wir müssen uns um sie kümmern. Wenn es stimmt, was Gagdrar mir gesagt hat, hat er sie an das Gemäuer gebunden, was bedeutet, dass sie keine Chance haben, zu fliehen.«

Walsh nickte. Inzwischen war ich aufgestanden und fühlte mich wieder sicher auf den Beinen. Ich ging zum Waschraum im hinteren Teil der Halle, um mir Wasser ins Gesicht zu spritzen und etwas zu trinken. Die Tigerkralle hatte sich inzwischen wieder abgekühlt und ich fühlte mich einigermaßen sicher.

Als ich wieder in die Halle kam, hielt Pat bereits Kurzschwert und Colt jeweils in einer Hand. Auch ich zog meine Waffen.

»Trennen wir uns oder bleiben wir zusammen?«, fragte mein Partner.

»Ich denke, wir sollten erst einmal zusammen gehen. Wir müssen uns alle Räume bis unters Dach vornehmen.«

Walsh grinste. »Dann legen wir los!«

40

Die Hexen hatten sich in den ersten Stock zurückgezogen. Obwohl sich ihre ganze Wut gegen Gagdrar richtete, der sie verraten hatte, mussten sie erst einmal entscheiden, wie sie die beiden Jäger ausschalten wollten. Vielleicht hatten sie danach doch noch eine Chance, das Hotel zu verlassen.

»Hast du einen Plan?«, fragte Menja ihre Schwester.

Malorie nickte. »Wir müssen die beiden trennen, damit sie sich nicht helfen können. Wenn wir das geschafft haben, kümmert sich jede von uns um einen von ihnen.«

»Vielleicht können wir das nutzen, was wir in ihren Köpfen sehen? Kane ist noch nicht so erfahren, aber wir müssen uns vor ihm in Acht nehmen. Der andere hat keine Angst vor Dämonen, aber er hat eine menschliche Schwäche, die wir ausnutzen können!«

Als Mara ihrer Schwester Bilder von den Illusionen zeigte, mit denen sie den zweiten Jäger quälen wollte, kicherte Malorie und nickte begeistert.

»Das ist eine gute Idee. Und für Kane habe ich auch noch etwas. Komm, wir bereiten die Falle vor!«

41

Es hatte nicht viel Zeit gekostet, das Erdgeschoss zu durchsuchen. Da die Tigerkralle auf die Hexen reagierte, vertraute ich darauf, dass sie sich erwärmen würde, wenn sie in unserer Nähe waren. Wir untersuchten den Speisesaal und das kleine Büro hinter der Rezeption, bevor wir uns dem Treppenhaus zuwandten.

»Was ist mit dem Aufzug?«, fragte Pat und deutete auf die Metallkabine.

Ich nickte und spähte durch die Gitterstäbe hinein. Nichts zu sehen und meine Waffe reagierte nicht. Mit einem Ruck öffnete ich die Tür, jederzeit zum Angriff bereit, doch nichts geschah.

»Wir nehmen trotzdem die Treppe«, grinste ich und deutete auf die Stufen. Etwas versetzt gingen wir nach oben. Obwohl das Hotel modern eingerichtet war, strahlte es für mich die Atmosphäre eines alten Schlosses aus. Teilweise fühlte ich mich an Vincent Manor erinnert, während Sara uns durch den Familiensitz ihrer Vorfahren geführt hatte.

»Spürst du das auch?«, fragte ich meinen Partner, der einige Stufen vor mir ging.

Pat sah mich an. »Was meinst du? Was soll ich spüren?«

»Diese Kälte und diese Dunkelheit, die einem in die Knochen fährt. Oder geht es nur mir so?«

»Ich weiß nicht, was die Hexen mit dir gemacht haben, aber ich spüre nichts. Obwohl … doch, da ist etwas.«

Ich sah Pat an.

»Ich spüre Hunger. Ja, ich habe Hunger«, lachte er laut und ich grinste wieder. Es tat gut, sich von der Anspannung abzulenken.

»Idiot«, entgegnete ich. Wir waren im ersten Stock des Hotels angekommen und vor uns lag ein Gang, von dem die Zimmer abgingen. »Wie machen wir es? Jeder ein Zimmer oder immer zusammen?«

»Ich denke, wenn wir immer die gegenüberliegenden Zimmer nehmen, können wir uns gegenseitig helfen, falls wir überrascht werden. Außerdem hast du doch ein Frühwarnsystem, oder?«

Er deutete auf die Baghnakh in meiner linken Hand und ich nickte.

Einige Minuten lang suchten wir so leise wie möglich die Räume ab, aber wir fanden keine Spuren der Hexen. Natürlich konnten wir nicht sicher sein, ob sie nicht doch hinter uns waren, aber damit mussten wir leben. Ich hatte in den Berichten gelesen, wie Strack mit Hilfe der Dämonenbanner alles hinter sich magisch abgesichert hatte, aber da ich unfreiwillig hierher gelockt worden war, hatte ich nichts davon bei mir.

Als wir das Ende des Korridors erreichten, tauchte ein Problem auf. Auf beiden Seiten des Ganges führten Treppen nach oben. Nach kurzer Überlegung beschlossen wir, dass Pat zurückgehen und die Treppe am Anfang überprüfen würde, um dort nach oben zu gehen, während ich hier in den zweiten Stock wechseln würde.

Ich wartete, während mein Partner zurückging. Als er an der Treppe angekommen war, verständigten wir uns per Handzeichen und jeder begann, seinen Bereich zu untersuchen.

42

Stufe für Stufe stieg Patrick Walsh die Treppe in den zweiten Stock hinauf. Seine Kehle war trocken und er leckte sich über die Lippen, die sich rissig anfühlten. Er hätte etwas zu trinken mitnehmen sollen.

Das Treppenhaus war leer, und seine Schritte erzeugten auf dem dunklen Teppich keinerlei Geräusche. Das Einzige, was ihn störte, war, dass der Teppich zu kleben schien. Etwas, das er in einem gut geführten Hotel nicht erwartet hätte. Er blickte hinunter und erstarrte.

Wo eben noch dunkelgrüner Flor die Stufen bedeckt hatte, war nun alles voller weißlicher Fäden, die sich sanft um seine Schuhe schmiegten! Walsh schluckte. Er wusste sofort, worum es sich dabei handelte und sein Magen verkrampfte sich zu einem steinernen Klumpen. Untätig sah er zu, wie unzählige Schnüre aus allen Richtungen auf ihn zuströmten, leicht zitternd, als würden sie sich im Wind wiegen, bevor sie sich um seine Füße wickelten.

Wenn es etwas gab, wovor Patrick Walsh Angst hatte, dann waren es Spinnen. Niemand wusste davon, nicht einmal seine engsten Freunde. Ihm war klar, dass es sich nur um eine Illusion handeln konnte, die von den Hexen, die seine Gedanken lasen, herbeigeführt worden war. Zum Glück war noch keines der Tiere zu sehen, und er wollte sich auch nicht ausmalen, was die dämonischen Weiber ihm entgegenwerfen würden.

Mit einer Mischung aus Abscheu und Vorsicht berührte er mit der Fingerspitze seiner linken Hand einen der Fäden und zog ihn überrascht zurück, als er einen stechenden Schmerz spürte. Er blickte auf seine Haut. Es bildeten sich kleine Bläschen. Um jeden Preis musste er vermeiden, mit diesem Teufelswerk in Berührung zu kommen. Auch wenn es nur eine Illusion war, konnte es ihm in der Realität Schaden zufügen.

Walsh blickte zurück, um zu sehen, ob der Weg nach hinten noch frei war. Was er sah, ließ sein Blut gefrieren! Ein riesiges Netz spannte sich über die gesamte Treppe und versperrte den Durchgang. Dahinter bewegte sich etwas Pelziges von der Größe einer Dogge, aus dessen mit schwarzen Fängen bewaffnetem Maul weiße Masse herausschoss, die den Boden bedeckte. Haarige Beine, aus denen grünliches

Sekret zischend zu Boden tropfte, versuchten nach ihm zu greifen.

Hätte Walsh nur ein paar Sekunden länger gewartet, wären seine Füße vollständig von den Spinnweben eingesponnen worden. Im letzten Moment löste er den Blick von der riesigen Spinne hinter dem Netz, und mit ein paar Hieben seines Kurzschwerts durchtrennte er die Fäden. Er war sich nicht sicher, ob das schmerzhafte Quietschen, das er hörte, nur in seinem Kopf ertönte, aber fürs Erste war er frei. Die zerschnittenen Spinnweben färbten sich schwarz und zerfielen zu unansehnlichen Klumpen.

Alles in ihm schrie danach, nach oben zu fliehen, aber er konnte nicht riskieren, dass dieses Ungeheuer hier an Ort und Stelle blieb. Oder noch viel schlimmer – ihn verfolgte! Er nahm all seinen Mut zusammen und durchtrennte mit der silbernen Klinge das Netz. Für die Spinne ein Ansporn, mehr zu produzieren. Sie hockte im Gang, während sie ihn mit ihren pechschwarzen, glänzenden Augen anstarrte. Um nichts in der Welt würde er sich dem dämonischen Tier nähern, doch dann erinnerte er sich an den Colt.

Walsh legte an und feuerte drei Kugeln in den aufgeblähten schwarzen Ball mit den zuckenden haarigen Beinen. Wieder hörte er ein Kreischen und die Spinne wurde von der Wucht nach hinten katapultiert. Aber mehr tat sich nicht, die silbernen Kugeln schienen keine Wirkung zu haben!

Die Spinne schüttelte sich und begann, die Stufen zu Walsh hinaufzuklettern. Ihm blieb nichts anderes übrig, als den Rückzug anzutreten. Er drehte sich um und eilte die Treppe hinauf, aber er kam nicht weit.

Aus dem zweiten Stock kam eine weitere Spinne die Treppe hinunter und versperrte ihm den Weg.

43

Nachdem Pat die Treppe hinaufgegangen war, begann auch ich, die Stufen zu dem Bereich hinaufzusteigen, den ich durchsuchen sollte. Ich hielt meine Waffen in den Händen, zu jeder Zeit auf einen Angriff gefasst. Die Hitze der Tigerkralle hielt konstant an, was sicherlich an der dämonischen Ausstrahlung der beiden Hexen lag, die mich komplett umgab. Ich würde auf sie als Warnsystem verzichten müssen, wenn sich die Temperatur nicht extrem änderte.

Die Treppe verlief einige Stufen nach oben, machte dann einen Knick und führte in den zweiten Stock. Den Colt im Anschlag schaute ich um die Ecke, aber die letzten Stufen waren ohne erkennbare Bedrohung. Wir mussten wohl noch weiter hinauf. Ein leerer Gang erstreckte sich vor mir. Wo war mein Partner?

Mit einem flauen Gefühl im Magen lief ich zum anderen Treppenhaus und schaute hinunter. Ich eilte einige Stufen nach unten, aber ich konnte nichts entdecken. War das wieder eine Illusion der Hexen und Pat war in einer Parallelwelt gelandet, so wie ich zuvor?

Mit langsamen Schritten ging ich an den Zimmertüren vorbei und konzentrierte mich darauf, ob ich etwas hören konnte. Außer dem steten Pfeifen des Windes, der durch ein offenes Fenster hereinwehte, war nichts zu vernehmen. Zum Test drückte ich die Klinge der Tigerkralle gegen meinen Arm, aber eine Reaktion blieb aus. Es gab nur zwei Möglichkeiten: Entweder ich untersuchte die nächsten Räume oder ich setzte alles daran, meinen Partner zu finden. Pat stand an erster Stelle und so war die Entscheidung schnell gefällt.

Ich rannte die Treppe wieder hinunter und lief durch den Flur im ersten Stock zum anderen Treppenhaus. Auch dort keine Spur von Walsh. Gerade als ich die Treppe hinaufgehen wollte, hörte ich, wie jemand meinen Namen rief: »Isaac?«

Die Stimme kam aus der Hotelhalle, aber es war nicht die meines Partners, sondern die einer Frau. Irgendwo hatte ich sie schon einmal gehört, aber ich konnte sie im ersten Moment keiner Person zuordnen. Ich wusste nicht, was ich tun sollte. Pat war verschwunden und konnte überall sein, und hier wurde mein Name gerufen. Es war sicher eine Falle. Vielleicht rief mich eine der Hexen, die Walsh als Geisel genommen hatte.

Ich eilte die Treppe hinauf, um mich zu vergewissern, dass hier nichts lauerte oder mein Partner einem Angriff zum Opfer gefallen war. Dann lief ich zurück und die Stufen hinunter in die Halle. Auf dem Weg sah ich beim Ausatmen weiße Wolken. Erst jetzt spürte ich auch den deutlichen Temperaturunterschied. Eine unnachgiebige Kälte kroch in meine Glieder. Alles in mir drängte, oben zu bleiben, doch wieder hörte ich meinen Namen, und verlor mehr und mehr die Kontrolle über mich. Es war, als würde ich mir selbst dabei zusehen, wie ich die Stufen hinabstieg. Dorthin, von wo ich angelockt wurde.

Die Hotelhalle war fast unverändert, der Stuhl, an den ich gefesselt war, lag noch am Boden, die Stricke um ihn herum. Auch die Kerzen standen noch da und die Reste des verblassten Pentagramms waren zu erkennen. Aber über allem lag eine dünne weiße Schicht aus Eiskristallen, als hätte sich das Hotel in ein Kühlhaus verwandelt. Eine Gänsehaut überzog meine Haut.

Es handelte sich wieder um eine Illusion. Aber es gab keine Möglichkeit, ihr zu entkommen. Ich hatte keine Ahnung, ob sich das alles nur in meinem Kopf abspielte oder ob die Hexen tatsächlich in der Lage waren, ihre Umwelt zu beeinflussen.

Abermals hörte ich, wie mein Name gerufen wurde. Diesmal noch verlockender als zuvor. Unter Zwang setzte ich einen Fuß vor den anderen und ging auf die geschlossene Tür des Speisesaals zu. Wenigstens konnte ich meine Arme noch bewegen und mich verteidigen. Bevor ich gegen die Tür des Speisesaals stoßen konnte, öffneten sich die Flügel von selbst, und gaben den Blick ins Innere frei.

Mir stockte der Atem, als ich in der Mitte des Raumes Sara Vincent erblickte, die mich mit weit geöffneten Armen erwartete.

44

»Hallo Isaac«, flüstert die Frau vor mir. »Schön, dich zu sehen. Willst du mich nicht begrüßen?«

Mir war klar, dass dies nicht Sara sein konnte, die ich vor Monaten auf dem Anwesen ihrer Familie kennengelernt hatte[1]. Das konnte ich schon daran erkennen, dass sie die gleiche Kleidung trug wie bei unserer ersten Begegnung. Die Vorstellung, wie die Hexen in unseren Köpfen spionierten, widerte mich an, und ich fühlte mich benutzt. Meine Füße bewegten sich immer noch Schritt für Schritt vorwärts, ohne dass ich etwas dagegen tun konnte, aber ich spürte auch, wie

[1] Siehe Band 1: Die Hand des Werwolfs

die Energie der Tigerkralle durch meine Finger in meinen Körper strömte. Ein Schmerz teilte meinen Körper in zwei Hälften und ich krümmte mich, als die verschiedenen Kräfte an mir zerrten.

»Du musst nur zu mir kommen und ich werde dafür sorgen, dass der Schmerz aufhört.«

Ich richtete mich auf. »Du bist nicht die, für die du dich ausgibst. Wer bist du? Malorie oder Menja? Du weißt, was ich mit Mara gemacht habe. Auch du wirst uns nicht entkommen.«

Meine Worte klangen weniger überzeugend als gedacht, dafür rumorte es zu sehr in mir.

Die Frau begann zu kichern. Und diesmal hörte ich ihre echte Stimme. Die Stimme einer uralten Frau.

»Gut, dann lassen wir die Spielchen. Ich bin Malorie. Und es interessiert mich nicht im Geringsten, dass du meine Schwester getötet hast.«

Während sie sprach, schmolz ihr Gesicht wie heißes Wachs und darunter kam das abstoßende Gesicht der echten Hexe zum Vorschein. Auch ihre Kleidung veränderte sich, und für einen Augenblick stand das dämonische Weib nackt vor mir. Ekel stieg in mir auf, doch dann formte sich der Umhang, den ich schon vorher an ihr gesehen hatte.

»Eigentlich müsste ich dir dankbar sein«, fuhr die Hexe fort, während ich immer noch Schritt für Schritt auf sie zuging. Inzwischen lag der Colt schwer in meiner Hand und ich spürte, wie er mir aus den Fingern glitt und mit einem Poltern zu Boden fiel. »Wenn du sie nicht getötet hättest, wären Menja und ich nie freigekommen. Aber Dankbarkeit hat noch nie unser Handeln bestimmt.«

Wieder kicherte die Hexe, während Speichel von ihren Lippen spritzte. Wie unter Hypnose blieb mein Blick an einem Tropfen hängen, der sich seinen Weg nach unten bahnte, bis er an einem borstigen schwarzen Haar am Kinn der Hexe hängen blieb. Ich spürte Magensäure in mir aufsteigen und unterdrückte den Drang zu würgen.

Inzwischen war ich nur noch wenige Schritte von ihr entfernt. Malorie machte eine Handbewegung in der Luft und meine Füße stoppten die Vorwärtsbewegung, als wären sie am Boden festgeklebt.

Minutenlang betrachtete mich die Hexe wie ein Insekt unter dem Mikroskop. Dann schlurfte sie auf mich zu. Mit jedem Schritt, den sie näher kam, nahm ich einen ungewöhnlichen Geruch wahr. Irgendwie roch sie nach alten Steinen, so abstrakt das auch klingen mochte.

Noch immer schien das Weib meine Gedanken zu lesen. »Du wunderst dich, wie ich rieche?«, stieß sie mit brüchiger Stimme hervor, und Speichel benetzte mein Gesicht. »Das war dieser Jäger, Strack. Es ist ihm gelungen, uns zu überrumpeln, und wir waren sehr lange eingesperrt. Bis die Siegel zu bröckeln begannen.«

Gebannt starrte ich sie an. Die Kralle in meiner Hand glühte, doch es gelang mir nicht, den Arm zu heben. Die Hexe griff nach meinem Gesicht und fuhr mir mit spitzen Fingernägeln über die Wange. Wieder spürte ich, wie Ekel in mir aufstieg.

»Mara war immer die Stärkste von uns. Und so konnte sie umherwandern. Zumindest für eine Weile. Und jedes Mal, wenn jemand wegen ihr gestorben ist, hat sie seine Energie aufgesaugt. Du hast selbst erlebt, wie es war, unter ihrem Einfluss zu stehen. Aber jetzt ist sie nicht mehr, und meine

Schwester und ich haben sie in uns aufgenommen. Und auch die Energie des Statthalters.«

Mit kleinen Schritten ging das Wesen um mich herum. In meinem Kopf fühlte es sich an, als würden grobe, ungeschickte Hände meine Gedanken durcheinanderwirbeln. Ich hatte keine Ahnung, wie ich entkommen konnte. Und wo zum Teufel war Pat? Plötzlich befand sich der Mund der Hexe dicht an meinem Ohr, stinkender Atem umgab mich.

»Stimmt es, dass du ihm die Hand abgehackt hast? Ich gebe zu, du hast Mut. Eigentlich wollte Gagdrar dich selbst erledigen, aber da er nicht mehr da ist, bleibt die Aufgabe wohl an uns hängen.«

Sie begann zu kichern. »Und wenn wir ihm seine Krallen zurückgeben, wird er uns jeden Wunsch erfüllen!«

Mit einem Mal überkam mich Müdigkeit. Eigentlich war alles, was ich tat, sinnlos. Dieser ganze Kampf. Und eigentlich wurde ich von allen nur benutzt.

Die Hexe ging wieder an mir vorbei, ihre Augen ließen mich keine Sekunde aus den Augen. Ich verstand nicht, warum ich nicht früher darauf gekommen war, dass es besser wäre, das Ganze hier und jetzt zu beenden. Malories Argumente überzeugten mich. Klar, meine Eltern würden traurig sein, aber am Ende würden sie es verstehen. Und außerdem waren sie ja gar nicht meine richtigen Eltern. Das waren Nora und George Carter. Und die waren schon seit über vierzig Jahren tot. Vielleicht würde ich sie auf der anderen Seite wiedersehen? Der Gedanke erfüllte mich mit Freude und Zuversicht.

Und während mein Blick in der unendlichen Schwärze von Malories Augen versank, hob ich die Tigerkralle und setzte die Klinge an meine Kehle …

45

Patrick Walsh fühlte sich, als würde ihm eiskaltes Wasser den Rücken hinunterlaufen. Hatte die erste Spinne seine Widerstandskraft schon weitgehend aufgebraucht, so entmutigte ihn die zweite noch mehr. Aber irgendetwas war anders an diesem Tier, er wusste nur nicht, was.

Jetzt brauchte er eine Strategie. Mit langsamen, aber beharrlichen Schritten näherte sich von oben die Spinne, die wie ihre Artgenossin mit schwarzem, borstigem Fell bedeckt war. Zum Glück verschoss sie keine Fäden, aber dafür war sie sogar etwas größer als das erste Tier. Walsh hob für einen Moment den Colt, doch dann fiel ihm ein, dass die Kugeln der anderen Spinne bereits nichts anhaben konnten. Irgendwie musste er hinter die Tiere kommen, dann würde er es noch einmal mit dem Kurzschwert versuchen können. Sie von vorne anzugreifen, wollte der Jäger vermeiden, um nicht Ziel der aggressiven Spinnweben zu werden.

Ohnehin schien es ihm einfacher, in den Rücken der Spinne unter ihm zu kommen. Blitzschnell drehte er sich um, überwand seine Angst, trat dem dämonischen Tier, das bereits die Fühler nach seinem Bein ausgestreckt hatte, gegen den Kopf und sprang über es hinweg.

Er landete nicht optimal und musste sich am Geländer festhalten, um nicht zu fallen. Das reichte der Spinne, um sich umzudrehen und einen ihrer Fäden auf ihn zu schleudern. Walsh schrie auf, als sich die Masse wie Säure durch seine Hose fraß und seine Haut berührte. Geistesgegenwärtig kratzte er mit der Klinge des Kurzschwertes das weiße, klebrige Zeug ab, das sich beim Kontakt mit der Waffe wieder auflöste. Die Spinne zischte und riss ihre beiden Vorderbeine in die Höhe. Wieder spritzte ein grünliches Sekret aus den Drüsen an den Extremitäten, doch Walsh konnte ausweichen. Spitze schwarze Hauer blitzten im Kiefer des dämonischen Tieres auf.

Wenn er eine Chance haben wollte, musste Walsh jetzt handeln, egal wie sehr ihn die Bestien in Panik versetzten. Er schob den Colt in das Holster, um das Kurzschwert mit beiden Händen führen zu können. Zur Probe stach er einmal in Richtung der Spinne und traf sie an einem ihrer Beine. Das Tier kreischte und dort, wo das Silber es getroffen hatte, stieg Rauch auf. Es war also möglich, sie zu töten. Wahrscheinlich war die Wirkung der Silberkugeln zu schwach.

Langsam und vorsichtig, um nicht zu stürzen, ging Walsh rückwärts die Treppe hinunter. Sein Plan war nun, auf gleicher Höhe mit der Spinne zu stehen, um von oben zustechen zu können. Das Tier folgte ihm und hielt das getroffene Bein immer ein wenig in der Luft. Was es mit der anderen Spinne auf sich hatte, konnte Walsh nicht sehen, denn sie war noch nicht hinter der Biegung der Treppe hervorgekommen. Aber so konnte er sich erst einmal um das erste Tier kümmern. Nur noch eine Treppenstufe, dann wäre er wieder im ersten Stock des Hotels. Plötzlich rutschte Walsh ab und fiel nach hinten. Da er sein Schwert mit beiden Händen umklammerte, konnte er sich nicht festhalten und taumelte einige Schritte zurück, bevor er stürzte. Er prallte mit dem Rücken auf den Boden, sein Kopf schlug gegen die Wand. Für einen Moment sah er Sterne und ließ instinktiv das Schwert sinken.

Die Spinne fauchte und katapultierte sich mit einem Satz nach vorn. Trotz seiner Benommenheit gelang es Walsh im letzten Moment, das Kurzschwert nach oben zu reißen. Mit einem dumpfen Geräusch drang die Klinge in den aufgeblähten Leib der dämonischen Bestie. Schwarzes Blut schoss aus der Wunde und benetzte den am Boden Liegenden. Mit letzter Kraft versuchte die Spinne, ihre haarigen Beine in Walshs Augen zu bohren, doch dann verließen sie die Kräfte. Das Tier brach zusammen und begrub Walsh unter sich.

Doch jetzt stürmte die zweite Spinne aus dem Gang auf ihn zu!

46

Patrick Walsh hatte kaum Zeit, zu reagieren. Die Spinne näherte sich mit rasender Geschwindigkeit von rechts, offenbar war sie durch das andere Treppenhaus nach unten gekommen, um ihn einzukreisen.

Er musste den Körper des toten Tieres loswerden, um sich verteidigen zu können. Das schwarze Blut auf seiner Kleidung machte es ihm schwer, den sich zersetzenden Körper zu greifen, aber als es ihm gelang, schleuderte er ihn mit aller Kraft in Richtung des angreifenden Ungeheuers. Die Bestie verlangsamte ihren Ansturm, so dass Walsh wieder auf die Beine kam. Adrenalin pumpte durch seinen Körper. Wenn es eine Chance gab, das andere Monster zu besiegen, dann in diesem Moment.

Er hatte eine Idee.

Wenn das, was er vorhatte, gelang, wäre der Kampf sofort vorbei. Wenn nicht, blieb ihm nur die Flucht. Der Spinne war es gelungen, über die Überreste des toten Tieres zu krabbeln, und sie schickte sich an, Walsh erneut anzugreifen. Dieser hatte seinen Entschluss gefasst.

Er stürmte los und drehte im Laufen sein Schwert so, dass es wie ein Messer nach unten zeigte. Bevor die Spinne reagieren konnte, sprang er auf sie und ließ sich mit seinem ganzen Gewicht auf ihren Körper fallen. Er hörte ein Knacken und noch einmal ein Kreischen, das fast wie der Schrei einer Frau klang. Dann rammte er das Schwert mit aller Kraft von oben in den haarigen Rücken des Tieres.

Die Spinne zappelte wild und unkontrolliert umher. Dabei warf sie ihren Körper nach oben, und Walsh wurde von ihr geschleudert.

Dann verwandelte sich das Tier. Ihre Konturen verschmolzen, und plötzlich sah Patrick Walsh den nackten Körper einer uralten Frau vor sich. Sie lag auf dem Rücken, die Spitze des Kurzschwertes war vorne aus ihrem Bauch getreten.

Obwohl es ihm gelungen war, seine Gegnerin zur Strecke zu bringen, empfand Walsh für einen Moment so etwas wie Mitleid mit ihr, was sicherlich am Aussehen der alten Frau lag. Doch dann blickte sie ihn mit ihren kalten Augen voller Verachtung an.

»Bist du jetzt zufrieden?«, krächzte die Frau, während ihr schwarzes Blut aus dem Mund lief. »Mich konntest du vielleicht besiegen, aber für Isaac ist es zu spät.«

Walsh riss die Augen auf. »Sag mir sofort, wo er ist, du Ausgeburt der Hölle!«

Die Hexe kicherte noch einmal, was in ein blubberndes Husten überging, als noch mehr Blut aus ihrem Mund quoll. Dann lag sie da, den Blick starr auf den über ihr stehenden Jäger gerichtet.

»Verdammt!«, fluchte Walsh. Im selben Augenblick zerfiel der Körper wie von einer Druckwelle getroffen, und ein Leuchten verließ ihn. Für den Bruchteil einer Sekunde schwebte das Licht in der Luft, bevor es nach unten ins Hotel raste. Dann durchdrang ein markerschütternder Schrei das Gebäude.

Es gab zwei Möglichkeiten, wo Isaac sein könnte. Nach kurzer Überlegung entschied sich Walsh, dem Licht nach unten zu folgen, von wo der Schrei gekommen war.

Hoffentlich irrte er sich nicht und hoffentlich war es nicht zu spät für seinen Freund.

47

Meine Hand zögerte einen Moment, bevor ich die Klinge der Baghnakh gegen mein Fleisch drückte, aber dann war meine Überzeugung stärker. Und es gab keinen Grund, sich Malories Willen zu widersetzen.

Ich presste die scharfe Seite gegen meinen Hals und spürte augenblicklich einen stechenden Schmerz, als die Klinge in mein Fleisch eindrang. Doch bevor ich sie über den Hals führen konnte, um meinen Todeswunsch zu erfüllen, erbebte das Haus in seinen Grundfesten. Hinter uns flogen die Türen des Speisesaals auf, und ich wurde aus meiner Trance gerissen.

Kraftlos sank ich auf die Knie, keuchte, weil mir die Luft wegblieb, und riss mir die Klinge vom Hals. Blut lief mir über die Hand und ich griff voller Panik mit der anderen nach oben, um zu sehen, wie schwer ich verletzt war. Zum Glück war die Wunde nur oberflächlich, aber ich würde sie versorgen müssen.

Malorie stieß einen unmenschlichen Schrei aus und rief den Namen ihrer verbliebenen Schwester. Was war geschehen? Plötzlich zuckte ein Licht durch den Raum und traf die Hexe, die nach hinten geschleudert wurde. Ich nutzte die Gelegenheit und rappelte mich auf. Jetzt war die Gelegenheit, zu handeln und das Dämonenweib endgültig zu vernichten. Doch bevor ich einen Schritt machen konnte, war sie schon wieder auf den Beinen, machte eine Handbewegung und ich flog durch die Luft. Mit einem Krachen schoss ich über einen der Tische und schlug auf dem Boden auf. Mit aller Kraft umklammerte ich die Tigerkralle, da mein Colt irgendwo im Raum lag. Ich wollte auf keinen Fall unbewaffnet sein, auch wenn die Hexe mich ohne jede Berührung angreifen konnte, wie ich zu spüren bekommen hatte.

»Ich werde euch vernichten, dich und dieses Schwein, das meine Schwester getötet hat!«

Als ich die Worte der Hexe hörte, war mir klar, dass es Walsh gelungen sein musste, Menja zu vernichten. Ich hoffte, dass er mich finden würde, damit wir gemeinsam Malorie zur Strecke bringen konnten. Mit schmerzenden Gliedern rappelte ich mich auf, immer auf einen neuen Angriff gefasst. Hektisch bewegte ich meinen Kopf hin und her, um meine Gegnerin ausfindig zu machen. In dem Moment, in dem ich sie entdeckte, stürmte sie durch den Raum und versetzte mir einen weiteren Schlag. Ich schrie auf und diesmal gelang es mir nicht, die Waffe festzuhalten. Die Tigerkralle fiel zu Boden und die Hexe stieß einen triumphierenden Schrei aus. Blitzschnell griff sie danach und zog sich die Ringe über die Hand.

»Du Narr! Du hast immer geglaubt, es ginge um dich. Aber ich wollte immer nur diese Waffe. Damit kann mich niemand mehr vernichten, niemand kann mir widerstehen. Selbst Gagdrar fürchtet sie mehr als alles andere.«

Wie in Trance stand ich vor der Hexe und nun wurde mir einiges klar. Ian West hatte die Klauen aus Gagdrars Hand genommen und daraus zusammen mit dem Dolch die Tigerkralle gefertigt. Die Klinge selbst war mehrfach geweiht und mit mythologischen Symbolen versehen, hatte aber keine eigenen Kräfte. Diese entstanden im Zusammenspiel mit Gagdrars Macht, und je nachdem, auf welcher Seite der Träger stand, konnte die Waffe für das Gute oder das Böse eingesetzt werden. Ich fragte mich, ob West von dieser Problematik wusste.

»Ich sehe, du hast die Besonderheit der Waffe erkannt«, kicherte die Hexe boshaft und fixierte mich mit ihrem Blick. »Es wird dir sicher eine Ehre sein, wenn deine Theorie bestätigt wird.«

Mit diesen Worten hob sie die Hand, um mir den Dolch in den Leib zu stoßen.

48

Ich hatte keine Kraft mehr, mich zu wehren. Seit meiner nächtlichen Entführung war ich gequält, gefoltert und in die Irre geführt worden, und nun stand ich wehrlos vor der letzten der Hexen und wartete darauf, dass sie mich mit meiner eigenen Waffe tötete. Doch bevor der alles beendende Stoß kam, krachten drei Schüsse und ließen die Hexe um die eigene Achse kreisen.

Patrick Walsh stand in der Tür mit der Waffe in der Hand, von der Rauch aufstieg. Malorie war von dem Angriff überrascht, aber noch lange nicht geschlagen. Wieder machte sie eine Handbewegung, doch diesmal öffnete sich in der Mitte des Raumes ein Loch im Boden, aus dem ein flackerndes, rötliches Licht schimmerte. Die Hexe wollte fliehen!

Wenn ihr das gelang, war meine wichtigste Waffe verloren und ich war mir sicher, dass sie irgendwann gegen uns eingesetzt werden würde.

Die Hexe lief in Richtung der Mitte des Raumes und ich folgte ihr. Walsh konnte nicht schießen, weil er Gefahr lief, mich zu treffen, wenn er Malorie verfehlte. Trotzdem setzte er sich in Bewegung, als er merkte, was das dämonische Weib vorhatte. Ich hatte eine Idee.

»Das Schwert!«, schrie ich durch den Raum. Wir hatten nur eine Chance, und da ich näher an der Hexe war, musste ich sie erledigen.

Walsh nickte und warf die Waffe, die er bisher in der linken Hand gehalten hatte, in meine Richtung. Wenn er falsch zielte, könnte es passieren, dass die Hexe die Waffe ebenfalls erwischte und auch mit in die Hölle nahm. Oder ich würde das Schwert nicht fangen können und die Hexe würde uns trotzdem entkommen.

Für einen kurzen Moment schien sich die Welt zu verlangsamen, so sehr war ich auf das Kurzschwert fixiert, das sich in der Luft drehte. Eine dritte Möglichkeit hatte ich völlig vergessen – dass ich die Waffe nicht fangen konnte, ohne mich selbst zu verletzen. Auch die Hexe blickte nach oben, wo das Schwert einen Bogen in der Luft beschrieb. Mit der freien Hand griff sie danach, und ich betete um alles, dass sie es nicht fassen konnte.

Ein paar Millimeter hätten genügt, und ich hätte keine Chance gehabt. Aber das Schwert flog an ihrem ausgestreckten Arm vorbei, und ich bekam es am Griff zu fassen. Jetzt gab es nur noch eine Möglichkeit, wenn ich die Flucht der Hexe verhindern wollte. Wir waren wenige Schritte von dem Loch im Boden entfernt. Ich holte weit aus und ließ den Arm im Laufen wieder nach vorne schwingen.

Mit voller Wucht drang die Klinge seitlich in den Hals der Hexe ein und blieb in der Mitte stecken! Mit einem Ruck wurde mir das Schwert aus der Hand gerissen, als Malorie nach vorne taumelte, tödlich verwundet, aber immer noch gefährlich nahe daran, in den Höllenschlund zu stürzen. Beide Waffen wären verloren. Aber ich hatte Pat Walsh unterschätzt.

Offenbar hatte er meinen Plan erkannt und sich darauf konzentriert, die Hexe zu treffen, bevor sie verschwinden konnte. Wie ein Footballspieler senkte er den Kopf und rammte sie mit seinem ganzen Körper. Malorie stürzte mit ihm zu Boden und beide rutschten einige Meter von dem rot glühenden Loch weg, das sich langsam schloss.

Ich rannte zu ihnen und entdeckte meinen Colt am Boden, den ich sofort aufhob. Die Hexe hatte sich auf den Rücken gerollt und gab gurgelnde Laute von sich. Ihre Kräfte mussten unglaublich stark sein, wenn sie noch lebte. Aber ich konnte sehen, dass sich das Gewebe an ihrem Hals, wo das Schwert im Fleisch steckte, zu zersetzen begann.

Ich half Pat auf und bedankte mich. Er winkte und zielte auf Malorie, aber diesmal war es nicht nötig zu schießen.

»K … k … ane«, röchelte die Frau noch einmal, dann löste sich ihr Körper auf. Das Schwert fiel mit einem Klirren zu Boden. Walsh hob es auf und gab mir die Tigerkralle, die ich wie meinen Colt im Holster verstaute.

Erschöpft und ausgelaugt sahen wir uns an.

»Danke für alles«, murmelte ich, bevor mich die Kräfte endgültig verließen und ich mich auf einen Stuhl sinken ließ. Pat untersuchte die Wunde an meinem Hals, die zum Glück schlimmer aussah, als sie war. Er würde sie später verbinden.

»Keine Ursache«, sagte er. »Willst du mir erklären, warum du ohne mich hier raufgegangen bist?«

»Ich hatte keine andere Wahl«, sagte ich. »Erzähle ich dir alles später. Ich denke, wir bleiben noch eine Nacht in Seagrove und fahren morgen zurück.«

Walsh nickte und grinste mich an. »Allerdings wirst du fahren müssen, mein Wagen braucht eine Überholung.«

Ich hatte keine Ahnung, was mein Freund damit meinte, aber auch das konnte er mir später erklären. Jetzt war erst einmal wichtig, dass wir das Hotel von den drei Hexen befreit hatten und hoffentlich in Zukunft keine Menschen mehr hier sterben würden. Wir mussten Garcia anrufen und ihm Bericht erstatten.

Und während wir beide zum Ausgang des Hotels humpelten, musste ich mit einem Mal daran denken, was Gagdrar über Ian und Geheimnisse gesagt hatte. Da der Dämon nun schon zum zweiten Mal Andeutungen gemacht hatte, war es an der Zeit, mit West noch einmal über meine Vergangenheit zu sprechen. Tief in mir zweifelte ich an den wahren Motiven meines Mentors. Und diese Zweifel musste ich ausräumen!

Epilog

Gagdrar drehte das Beil in seiner verbliebenen Hand, um alle Symbole betrachten zu können. Einer seiner Untergebenen hatte die Wunde versorgt, die ihm die Waffe zugefügt hatte. Anschließend hatte Gagdrar ihn getötet – niemand sollte erfahren, dass er schon wieder von Menschen verletzt worden war.

Rasend vor Wut war er in den Orkus zurückgekehrt, gedemütigt und voller Schmerz. Wieder war es ihm nicht gelungen, Kane zu töten und sein Eigentum zurückzubekommen.

Der Dämonenjäger hatte immer noch seine Klauen und diese Waffe.

Doch das Beil hatte er mitgenommen, als er verschwand, denn es steckte noch in seinem Körper. Der Statthalter wusste, dass die Waffe eine Bedeutung hatte, aber er musste sie noch herausfinden. Eines wusste er jedoch schon jetzt: Das Kurzschwert und das Beil gehörten zusammen und bildeten eine Einheit.

Was also, wenn er es schaffte, die Waffe zu seiner eigenen zu machen? Was, wenn er das Beil statt seiner Hand am Körper trug? Was, wenn er die Verbindung zum Kurzschwert für sich und seine Zwecke nutzen könnte? Es war an der Zeit, sich an die Arbeit zu machen.

Und während Gagdrar darauf wartete, dass man ihm die alten Schriften brachte, dachte er über den anderen Plan nach, den er bereits in Gang gesetzt hatte. Ein weiterer Versuch, Isaac Kane endgültig zur Strecke zu bringen.

ENDE

Isaac Kanes Leserseite

Die Serie *Dämonenjäger Isaac Kane* ist eine bewusste Hommage an die Heftromanserien der 70er und 80er Jahre. Etwas, das ich als Leser immer sofort angeschaut habe, wenn ich ein neues Heft meiner Lieblinge wie *John Sinclair*, *Tony Ballard*, *Der Hexer* oder *Larry Brent* in der Hand hatte, war die Leserseite. Gerade der Austausch der Autoren oder Redakteure mit den Leserinnen und Lesern, das Einfordern und Aufgreifen von Vorschlägen oder auch die Diskussionen darüber, welche Figuren aufgewertet werden oder sterben sollten, hat mich immer fasziniert und begeistert.
Vor allem, wenn sich die Autorinnen und Autoren wirklich dafür interessierten, was den Fans an der Serie gefiel oder auch nicht, dann ging der Kosmos der Serie über das Papier hinaus, auf dem sie gedruckt wurde.
Und genau das möchte ich mit *Dämonenjäger Isaac Kane* erreichen! Auch wenn ich als Autor in erster Linie selbst Spaß daran haben möchte, meine Serie zu schreiben und weiterzuentwickeln, ist mir Dein Feedback (ja, ich schaue Dich gerade an!) wichtig. Ich freue mich, wenn Dir die Serie gefällt und Du sie weiterempfiehlst. Ich freue mich aber auch, wenn Du Vorschläge hast, wie *Dämonenjäger Isaac Kane* in Zukunft aussehen könnte!
Welche Gegner interessieren Dich? Wie findest Du das Konzept der Serie bisher? Wovon bist Du mehr Fan – mehr Action oder mehr Atmosphäre? Oder, oder, oder …?
Als Entwickler einer Geschichte schreibt man zunächst immer für sich selbst. Aber wenn man sich dazu entschließt, seine Ideen mit Leserinnen und Lesern zu teilen, ist der konstruktive Austausch meiner Meinung nach ein wichtiger

Teil der Weiterentwicklung – vor allem, wenn es sich um eine Serie handelt, die bewusst mit einigen Geheimnissen gestartet wurde und viel Potenzial bieten soll. Also – fühl Dich herzlich eingeladen, Teil der Welt von Isaac Kane zu werden! Bring Dich ein und hilf mit, die Welt unseres Helden noch interessanter zu machen. Und vielleicht hilft die Leserseite ja auch, Kontakte zwischen den Fans zu knüpfen – so wie es bei meinen oben genannten Vorbildern oft der Fall war!

Achtung: Bitte keine Nachrichten per Post! Für Fragen, Anregungen und Kontaktaufnahme bitte immer die unten stehende Mailadresse verwenden – vielen Dank!

---

isaac-kane@schreibwerkstatt-gilga.de

Bitte teile mir mit, wenn ich Deinen Leserbrief NICHT oder nur anonym veröffentlichen soll, da ich sonst bei allen Einsendungen davon ausgehe, dass eine Veröffentlichung auf der Leserseite gewünscht ist! **Dann habe ich noch eine persönliche Bitte, die mir als Self-Publisher sehr hilft. Wenn dir der Roman gefallen hat, würde ich mich über eine positive Rezension auf Amazon sehr freuen. Aber wie gesagt, nur wenn du magst und es dir gefallen hat.**

Bevor wir mit den Leserbriefen beginnen – am Ende der Leserseite gibt es noch einige Informationen zum Cliff House, die euch interessieren könnten.

Die erste Zuschrift heute ist von **Joachim**. Er schreibt unter anderem:

Danke erst mal, das du weiter schreibst. Für mich ist Isaac Kane schon jetzt zu einem Teil meiner Lese– und Sammelleidenschaft gewor-

den. Fühl dich ermutigt und angespornt, weiter zu machen. Ja, nicht ganz uneigennützig von mir, du ahnst es. Es ist mir eine Freude, deine Romane zu lesen, und sie sind alle, immer und jedes Mal … zu kurz. Du verstehst wie ich das meine.

Vielen Dank für das Lob. Tja, als Hommage an den Heftroman muss man sich eben an die Länge halten: -)

Die Idee, ihm diese Kralle als persönliche Waffe zu geben, mit »Monstererkennung« ist mal was anderes als Kreuz oder Pistole. Tatsächlich nur was für den Infight. Wow! Und das alleine ist für mich schon ganz schön gruselig. Den Gegnern so nahezukommen muss man ja schon wollen.

Ich fand es tatsächlich interessant, mit einer Waffe zu spielen, die es meiner Meinung nach in dieser Form noch nicht gab und die selbst Geheimnisse und Möglichkeiten in sich birgt.

Ich denke nicht, dass in jedem Roman ein spezielles Monster oder Gegner auftauchen muss. Je nachdem wo deine langfristige Planung hinführt, kann Isaac eigentlich auch mal zum Beispiel ein Rätsel knacken müssen, um weitere Infos zu erhalten. Zu Gagdrar, zum Beispiel. Oder seiner Herkunft. Denn da war doch noch was, oder?

Das stelle ich gerne zur Diskussion. Wie wir sehen werden, wird Isaac mehr Fragen stellen als bisher, aber wie sehen es andere? Ich bin gespannt.

Sehr nettes Feedback habe ich von **Kai** auf Facebook bekommen:

Bin gerade mit Band 3 fertig geworden … sehr geil! Jetzt heißt es ungeduldig auf Nachschub warten. Der gute Isaac Kane bekommt von mir auf jeden Fall jetzt schon einen Ehrenplatz zwischen meinen Heftroman-Kartons … direkt neben Macabros und dem Hexer.

Eine sehr große Ehre, zwischen diesen Legenden zu stehen – vielen Dank dafür!

Vor einiger Zeit gab es auf Facebook eine Diskussion, die von **Andre** angestoßen wurde:
Da deine Romane in den 1970ern spielen: Hast du schon Mal daran gedacht, andere Autoren für ein Crossover anzufragen? Isaac trifft Dorian Hunter, oder Isaac trifft Dr. Morton?
Eine sehr interessante Frage. Auf Facebook war das Echo gemischt, da die Serienuniversen zu unterschiedlich sind. Aber ich habe ja schon gesagt, dass ich mir vorstellen könnte, Gastautoren einzuladen, einen Beitrag zum Isaac-Kane-Kosmos beizusteuern – zum Beispiel um die rund vierzig Jahre, die Ian West mit seiner Mission begonnen hat, bis zu dem Zeitpunkt, als er Isaac Kane kontaktiert, genauer zu beleuchten. Was meint ihr dazu? Mit dem einen oder anderen Autor stehe ich bereits in einem lockeren Austausch, aber was haltet ihr davon? Und wenn wir so etwas machen – als reguläre Bände oder als »Sonderausgaben« wie Band 0?

Lob, vor allem von Autorenkollegen, ist immer eine besondere Freude. Neben einer sehr netten Rezension auf Amazon hat **Alexander** auch einen Leserbrief geschickt:
So, mit Band 2 bin ich dann auch durch. Wieder klasse geworden. Es hat viel Spaß gemacht, den Roman zu lesen. Und dazu habe ich noch Anmerkungen:
Also es geht ja um die neue Waffe, die Tigerkralle. Erst mal ist es eine wirklich tolle Idee, aus der Hand des Bösen eine Waffe des Guten zu machen. So werden die Dämonen mit ihren eigenen Waffen geschlagen, sozusagen: -D Wenn ich mich bei der Beschreibung nicht verlesen habe,

ist die Dolchklinge nach unten, aber auf dem Bild ist sie nach oben, zum Daumen hin hinausgezeichnet. Ist das richtig?

Die ›nach unten‹ Beschreibung resultierte aus einem Bild in der Wikipedia, wo ich u.a. etwas zu der Waffe recherchiert hatte. Thomas Greiwe hat hier parallel gearbeitet und eine tolle Variante gezeichnet.

Ich freue mich auf jeden Fall über einen Vampir-Roman. Da hast Du ja bereits geschrieben, dass einer kommen wird. Darauf bin ich gespannt.

Hier bin ich auch gespannt, wie ›meine Vampirvariante‹ ankommen wird. Es gibt ja gefühlt immer zwei Lager: Einmal die, wo der Vampir in Richtung elegant und business-like geht (z.B. Blade oder viele klassische Darstellungen) und oder in Richtung Raubtier, wie z.B. in ›John Carpenters Vampires‹. Mal sehen, was auf Isaac und seine Mitstreiter zukommt …

Isaacs Vergangenheit ist natürlich erstmal weiter ein großes Rätsel. Es ist sicher auch spannend, wenn er auf Gegner trifft, die seine Eltern kennen, die dem Gegner ebenfalls gegenüber standen. Gagdrar ist ja einer davon, aber der hält sich ja noch zurück, was ruhig so bleiben kann. Dann ist er die Macht im Hintergrund, die alles lenkt. Ich finde es immer etwas schwierig, wenn Gagdrar sich Helfer sucht, sie in den Kampf gegen Isaac schickt, diese werden getötet und Gagdrar sagt dann: okay, dann denke ich mir einen neuen Plan aus und macht so weiter. Ich denke, das macht ihn auf die Dauer unglaubwürdig. Da hoffe ich, dass Dir viel Abwechslung einfällt, um die ganze Geschichte spannend und abwechslungsreich zu gestalten.

Da ich die ersten drei Bände und ein wenig auch diesen als zusammengehörig betrachte, hatte Gagdrar dort etwas mehr ›Screentime‹ als vielleicht in Zukunft. Auf keinen Fall wird er das ›Monster der Woche‹ anheuern, um den ›Fall der Woche‹ auf den Weg zu bringen :-D

Henri hat mir auch einen netten Leserbrief geschrieben, und ich bin seiner Bitte um signierte Exemplare gerne nachgekommen:

Ich habe soeben »Die Rückkehr des Gehenkten« gelesen. Ich finde es SUPER, wie Du die Serie gestaltest. Die Vorschau jedoch überspringe ich demnächst. Ich befürchte, dass sie mir irgendwann zu viel vom nächsten Band verrät. Die könnte vielleicht etwas kürzer gehalten sein (so wie halt bei den Sinclair). Natürlich ist es einfacher, einen kurzen Teil des nächsten Bandes zu benutzen, soll von daher keine Kritik sein!

Frage gerne wieder an euch – Vorschau kürzer, länger oder genau richtig? Bin gespannt, was ihr denkt.

Düstere Atmosphären mag ich am liebsten! Action ist je nach Szene unvermeidlich, sollte jedoch nicht zu übertrieben wirken. Neue Waffen kommen mit der Zeit sicher auch noch hinzu, Isaac steht ja noch ganz am Anfang und muss erst mal seine Erfahrungen sammeln. Einen guten Freund der Isaac in Zukunft zur Seite steht (wie bei Suko, Bill Conolly und John) würde mir auch sehr gefallen. Ich lasse mich gerne überraschen, was die Zukunft bringt, sicher hast Du noch viele gute Ideen in der Schublade!

Wir haben in Band 3 gesehen, dass die Gruppe der Gefährten größer geworden ist, und mit Patrick Walsh verbindet Isaac bereits eine gute Freundschaft.

Kleine Unstimmigkeiten finden sich bei jedem Autor; in jeder Serie und in jedem Roman wieder. Selbst Dan Brown und all die hochgelobten Autoren haben ihre Schwächen. Ich denke, das ist unvermeidlich. Ein Hinweis darauf ist angebracht, sollte aber nicht zu sehr bemängelt werden, solange diese Unstimmigkeiten sich in Grenzen halten. Mehr

Absätze? Doch nur, wenn es wirklich nötig ist! Auf keinen Fall würde ich die willkürlich setzen. Absätze befinden sind nur dort, wo es wirklich Sinn macht. Ansonsten könnte man das ja auch wieder als Unstimmigkeit betrachten ;-)
Letztendlich ist es fast unmöglich, Unstimmigkeiten gänzlich zu vermeiden. Gerade in einem großen Kosmos, wie ich ihn mir vorstelle, können sich immer wieder Fehler einschleichen – gerade dann, wenn man selbst von der eigenen Geschichte und Entwicklung überrascht wird und sich Teile der Vergangenheit zu einem neuen Puzzle zusammenfügen lassen. Aber ich hoffe, dass mir das gut gelingt.
Kann sein, dass schon in Band 3 was geschrieben wurde, hab den ja noch nicht gelesen ;-) Fazit: Mir gefällt die Serie bisher sehr gut!
Vielen Dank dafür und weiterhin viel Spaß mit den nächsten Bänden!

Wieder ein Leserbrief eines Kollegen, **Oliver** bezieht sich auf meine regelmäßigen Bitten (u.a. auf Facebook) nach Leserbriefen und schreibt:
Da du immer so freundlich nach Futter für deine Leserseite fragst, gebe ich jetzt doch noch einmal meinen Senf dazu. Im Vergleich zu »Die Hand des Werwolfs« fehlte es »Die Rückkehr des Gehenkten« in meinen Augen an Grusel-Atmosphäre, und Isaac kam erst recht spät zum Zuge – was natürlich der ausführlichen Einführung des Bösewichts geschuldet war. Als Pluspunkt, wenn man es so nennen möchte, habe ich das unerwartete Ableben von Chris van Buren verbucht. Das kam zwar unspektakulär daher, zeigt aber, dass der Leser deiner Serie vor Überraschungen nicht gefeit ist. Gut so!
Ich war selbst gespannt, wie der Band ankommen würde, da Isaac erst so spät auftauchte und ich auch eine Figur, die bei vielen gut ankam, so früh aus der Serie genommen habe.

Wie sehen das die anderen? Ich freue mich auf den Austausch. Habe ich zu lange gewartet, zu viel Hintergrund im Band und dafür zu wenig Grusel und Horror?

»Das Grauen aus dem Bild« hat mich dagegen wieder richtig gepackt: Spannung, Tempo und interessante Monster. Zwei neue Mitstreiter, Walsh und Garcia, die sicherlich ein schönes Team ergeben. Dazu kam das offene Ende, das erahnen lässt, dass Isaac in Zukunft erneut auf den Maler Picton und seine Werke stoßen wird.

Schön, dass dich Band 3 wieder packen konnte und dir das aktuelle Team gefällt. Dabei wird es natürlich nicht bleiben. Und selbstverständlich habe ich mit Richard Pickman noch einiges vor – dafür ist die Figur viel zu interessant.

Hinsichtlich Isaacs Ausbildung hatte ich erwartet, dass wir mehr darüber lesen werden als die Andeutungen in den letzten beiden Bänden (das Ausräuchern der Vampirzelle hätte ja durchaus Stoff für einen Einzelband abgeben können). Aber vielleicht gibt es auch noch mehr als genug zu erzählen? Die Antwort auf diese Frage kennt lediglich der Autor …

Von Vampiren haben wir ja oben schon gesprochen. Mal sehen, ob das ›Ausräuchern‹ noch einmal Erwähnung findet.

Apropos: Gespannt bin ich vor jedem Band darauf, wie es mit dem »großen Ganzen« weitergehen wird, z. B. mit dem Hintergrund von Ian West und Isaacs Familie oder mit den Statthaltern. Die Bilder dieser finsteren Gestalten, die du auf Instagram geleakt hast, wecken bei mir schon einige Vorfreude.

Zumindest haben wir in diesem Band etwas über mögliche Zweifel und Hintergründe erfahren. Und wer sich an das Interview erinnert, das ich im Zauberspiegel zur Serie gegeben habe – zu Ian West habe ich unter anderem dies gesagt: »… dass es einen Unterschied macht, ob man gut ist oder Gutes tut.«

Die Statthalter werden allmählich im Serienkosmos auftauchen, daher die Inspirationsbilder, die ich auf Facebook und Instagram gepostet habe.
Schauen wir mal, wie oft und wie viele Brotkrumen du streuen wirst, um deine Leser anzufüttern. Beispielsweise im nächsten Band »Hotel der Alpträume« (mir fällt gerade das P auf – ein Hoch auf die alte Rechtschreibung!). Ich wünsche dir, lieber Ulrich, weiterhin frohes Schaffen und viele Ideen.
An dieser Stelle nicke ich still und dankbar.

Zum Schluss: **Bastian** hat mich auf Facebook darauf aufmerksam gemacht, *dass Peter Shaw eigentlich Mitglied der Drei??? ist.*
Interessanterweise wusste ich das gar nicht, da ich nie die Bücher oder Kassetten gehört habe. Ich war ein TKKG-Kind. Fand ich aber witzig.

Nun noch ein wenig Hintergrundinformationen zum aktuellen Band. Wer mir auf Facebook folgt, hat vielleicht diesen Werkstattbericht vom 02.12.2023 gesehen:
https://t1p.de/r7v0f
Hier habe ich ein wenig über die Hintergründe des »Cliff House« geschrieben – ein Hotel, das es tatsächlich in San Francisco gibt, das ich mir aber die literarische Freiheit genommen habe, nach England ins (fiktive) Seagrove zu verlegen. Auf das Hotel bin ich damals durch das Cover des Albums »Imaginos« meiner Lieblingsband seit über 40 Jahren aufmerksam geworden: Blue Öyster Cult. Für die Fans der Band habe ich mir erlaubt, zwei Easter Eggs in den Roman einzubauen – eines ganz offensichtlich, das andere etwas versteckt. Wer mehr über diese Band erfahren möchte, die

1967 gegründet wurde, 1972 ihr erstes Album herausbrachte und auf unzählige Kollaborationen mit anderen Künstlern wie Musikern und Schriftstellern (z.B. Michael Moorcock, John Shirley, Jim Carroll oder auch Stephen King) zurückblicken kann, sollte einen Blick auf die Website der Band oder die Wikipedia-Seiten werfen:
http://blueoystercult.com/
https://de.wikipedia.org/wiki/Blue_%C3%96yster_Cult
https://en.wikipedia.org/wiki/Blue_%C3%96yster_Cult
Abschließend hier das Cliff House als Foto in der Form, wie ich es genutzt habe:

Vorschau

»Dämonenjäger Isaac Kane« – Gagdrar beschließt, zunächst im Schatten zu agieren, und setzt ein dämonisches Kopfgeld auf Isaac Kane aus! Verpasse auf keinen Fall Band 5:

Die Kämpfer des Guten um Isaac Kane werden von einer Übermacht bedroht, vor denen es kein Entkommen zu geben scheint. Fast ohne ihre Waffen müssen sie die Verantwortung für unschuldige Geiseln übernehmen, die es um jeden Preis zu retten gilt. Unterdessen setzt Kanes Erzfeind ein Kopfgeld auf ihn aus. Die Verlockung könnte nicht größer sein: Bringt den Dämonenjäger und seine Waffen, und ihr werdet zum Dank in die höchsten Ränge der Hölle aufsteigen. Ein Ruf, der bei vielen Gehör findet.

In wenigen Wochen erscheint »Die Zombie-Brigade«. Sei dabei, wenn Isaac Kane und Patrick Walsh in eine Falle geraten und in der Zwickmühle stecken – schützen sie sich selbst oder retten sie das Leben unschuldiger Geiseln? »Die Zombie-Brigade« – Begleite Isaac Kane auf seiner Reise in die Welt hinter den Schatten …

Zum Autor

Ulrich Gilga, Jahrgang 1969, liebt zwei Dinge ganz besonders: das Lesen und das Schreiben. Schon als Kind tauchte er in die Welten von Autoren wie Jules Verne oder Karl May ein. Alles, was spannend klang, wurde verschlungen! Gilgas Kindheit war geprägt davon, eigene Geschichten zu erzählen, Welten zu erfinden und Menschen damit zu begeistern. Natürlich spielten die ersten Storys dort, wo er sich auskannte: In den Tiefen des Meeres, auf dem Weg zum Mittelpunkt der Erde oder im Wilden Westen.

Doch dann ereilte den jungen Autor ein Weckruf, dem er sich bis heute nicht entziehen kann: Die ZDF-Reihe »Der phantastische Film«, in der Vampire, Werwölfe, Außerirdische und Monster regelmäßig im Fernsehen ihr Unwesen trieben. Grusel, Horror und Fantasy – dafür schlägt sein Herz.

Die Entdeckung des Grusel-Heftromans war da nur eine logische Konsequenz. Wann immer es Gilga möglich ist, nutzt er die Möglichkeit, sich aktiv an der Entwicklung der Serien zu beteiligen, sei es durch Leserbriefe mit Vorschlägen oder durch selbst verfasste Kurzgeschichten. Autoren wie Stephen King, H.P. Lovecraft, Clive Barker oder Dean R. Koontz sind auch aus seinem Bücherregal nicht wegzudenken. Genre-Fans werden auch die eine oder andere augenzwinkernde Hommage an die großen Meister in Gilgas Werken entdecken.

In Wirklichkeit arbeitet Ulrich Gilga allerdings in einer leitenden Position in einem deutschen Großkonzern. Das Schreiben gehört zu ihm wie seine Familie. Mit seiner Frau Andrea Hagemeier-Gilga, selbst Autorin und Filmemacherin, sitzt er oft zusammen und brütet Ideen für neue Geschichten, Serien oder Filme aus – immer umgeben von ihren Katzen.

Mit »Dämonenjäger Isaac Kane«, seiner Hommage an die Horror-Heftromane der 70er- und 80er-Jahre, begeistert er alteingesessene Genre-Liebhaber und solche, die es werden wollen. Gilga schafft eine Brücke zwischen alter Tradition und Modernität – seine Werke sind als Einstieg in die Phantastik durchaus auch für jüngeres Publikum geeignet.

Ulrich Gilga ist in den sozialen Medien unter anderem hier zu finden:

Auf seiner Homepage: https://schreibwerkstatt-gilga.de/

Auf Facebook: https://www.facebook.com/profile.php?id=100094522012272

Auf Instagram: https://www.instagram.com/ulrichgilga/

Bei Amazon: https://amzn.to/3T1Izkn

Bereits erschienen

Ich freue mich, wenn Dir dieser Band gefallen hat. Hier ein kleiner Überblick über die bereits erschienenen oder vorbestellbaren Bände:

0. Im Keller des Ghouls (eBook, Softcover, Hörbuch)
1. Die Hand des Werwolfs (eBook, Softcover, Hörbuch)
2. Die Rückkehr des Gehenkten (eBook, Softcover, Hörbuch in Vorbereitung)
3. Das Grauen aus dem Bild (eBook, Softcover, Hörbuch in Vorbereitung)
4. Hotel der Alpträume (eBook, Softcover in Vorbereitung, Hörbuch in Vorbereitung)
5. Die Zombie-Brigade (in Vorbereitung)
6. Rache aus der Vergangenheit (in Vorbereitung)
7. Die Brücke der Vampire (in Vorbereitung)
8. …

Printed in Poland
by Amazon Fulfillment
Poland Sp. z o.o., Wrocław

34788340R00077